今天也一直在看着你

〔日〕角田光代 著
贺静 译

南海出版公司

新经典文化股份有限公司
www.readinglife.com
出　品

目录

我家来了一只猫咪

你喜欢狗还是猫呢?

每当有人这么问我，我总是会回答:“喜欢狗。”

虽然没养过，但我一直很喜欢，一见到狗狗就凑上前。如果那只狗看起来不反感人的亲近，我会忍不住伸出手抚摸它。我并不讨厌猫，也很喜欢猫儿。不过，猫儿通常比较薄情，狗倒是很亲近人类。在超市入口前，偶尔能看见拴着绳子的狗直勾勾地望着店内，等待主人。它们怎么能这么可爱呢，可爱得让我想挠头。但猫怎么也做不出这种事来。相比之下，我更喜欢狗对主人那种单纯而充沛的爱。

走在路上，看到放养的家猫或野猫，我会主动凑上前。有的猫愿意赏脸，我就可以像给狗儿顺毛那样抚摸它们了。我默默地记住哪条小巷有这种猫出没，特意从那儿走，尽情地摸一番。然而这其实是一种代偿行为，因为我偷偷地把眼前的猫儿想象成狗了。

我有好几回都梦到养狗。因为至今没有一点养狗的经验，就没有行动起来。但我觉得，未来的某一天，我一定会拥有一只狗。

所以，我曾经心不在焉地想，来我家的，大概是狗而不是猫吧。

二〇〇八年，因为工作关系，我得以和漫画家西原理惠子女士见面。我从二十多岁起就是西原女士的超级粉丝。在赴约的路上，我紧张得简直要昏过去了。结束工作后，我们和编辑一起去喝酒。席间听说西原女士家养着两只猫，一雄一雌。据说它们非常可爱，我一边想象着那两只猫究竟有多么可爱，一边继续听她们聊天。

“如果我家的猫咪生了小猫，你想要一只吗？”西原女士忽然问了我一句。

咦？我吃了一惊，当即回答：“想要呀。”冷不丁地被人这么一问，我倒真心想养一只了。而且我丈夫非常喜欢猫，从小时候起就开始养猫。

“那就这么说定了，到时候我给你一只。”西原女士说。前面还有六个人等着领养小猫，所以我排在了第七位。怎么说呢，现实中的西原女士跟我通过漫画认识到的一模一样，真是个爽快的人。

然而那时，我内心某个角落却不知不觉滋生了一个想法：说是这么说，但猫儿不会真的来我家吧。虽然不知道猫一胎能生育几只，可怎么也不至于一下子生出七只来。不会有第七只小猫吧。冥冥之中，我觉得自己和猫没有什么缘分。

有一天，我看到西原女士的博客更新了，说猫妈妈生了四只小猫。看，果然如我所料，没有第七只，只有前四位才能领养到小猫。可是后来，她又在一篇博客里写道，猫妈妈再度怀孕了。此后的日子里，我执着地每天翻看她的博客，猜想这次猫妈妈什么时候生产？它会生几只呢？

二〇一〇年一月六日，猫妈妈马上要生小猫了。看到西原女士更新的这条博客，我“啊呀”喊出声来。这次猫妈妈有些难产，怎么也生不出来，结果被送进医院，最终生下了三只小猫。

也就是说，真有第七只！

这三只小猫暂且叫作小五（公）、小六（公）、小七（母）。它们会与猫爸爸和猫妈妈共同生活一段时间。西原女士用手机发来一张小七的照片，我和丈夫对着屏幕望眼欲穿。在小七来我家之前，我们决定先给它取好名字。最终在四个备选的名字中，选了丈夫取的“淘淘”。这个名字没什么含义，只是听起来怪可爱的。丈夫这么解释。

后来，小五改名叫强达君，前往编辑夫妇的身边生活。小六的名字没变，还是叫小六，去了作家白川道先生家里。最后只剩下小七还在吸吮猫妈妈的乳汁。当时不凑巧，我在外地出差三个星期，怎么也抽不出空去接它。

我回来后的第一件事就是去买猫咪用品。毕竟没养过猫，我一开始完全不知道该买哪些东西，只能眼巴巴地望着丈夫东挑西选。嗯，猫食盆，嗯，猫砂盆。嗯，猫砂。猫罐头？猫粮？猫抓板？哦哦，这个是宠物外出包。原来要用这个包把猫咪从西原女士家接回来。

四月十九日，我和丈夫造访了西原女士的家。大猫小猫本来是团团圆圆的一家子，我却要拆散它们，带走一只小猫……想到这儿，我有些内疚。西原女士的女儿告诉我们猫粮的种类和喂食的量，然后把最小的一只猫放进宠物包中。“这个是小七喜欢的玩具。”说着，她把一个小小的黄球也放了进去。

夜色中，我们向车站走去，一边走一边轻声呼唤它的名字“小淘淘”。小猫在大大的包里端坐着,一声不吭。小淘淘、小淘淘……我和丈夫轮流叫着它的名字。上了巴士后，车子发动时摇晃了一下。它只是“喵”地叫了一声，随后包里又恢复了安静。

回到家，我们打开包把猫放出来。三个月大的淘淘虽然不像小奶猫那样体形娇小，却还是幼猫的模样。丈夫带它去上厕所。它“咻——”地撒完尿后，轻轻迈开步伐来到厨房，老老实实地坐了下来。真是一只文静的猫呀。我颇感意外，看着它的身影入了神。

我把它放到膝盖上，它便蜷起身子，小小的脑袋啪嗒一下靠在我的手背上。它犯困了吗？我以前只摸过路边的猫儿，此时此刻感动得眼泪都快流下来了。它为什么这么可爱呀。为什么，为什么，为什么！

那天，它靠着我的枕头睡着了。等我睁开眼时，着实被眼前的猫吓了一跳：既惊叹于它枕着枕头睡觉的模样，也难以相信它竟然开始在我身边生活了。

阳光明媚的清晨，淘淘像在这个家里生活了很久似的，自由自在地吃了饭，喝了水。我和丈夫都是自由职业者，工作室与住宅分处两地。把猫放在家里没问题吧？我有些担心，但还是要出门工作的。“喵——喵——”我们刚打开门，昨天还一声不吭的淘淘竟然可怜巴巴地叫了起来。我和丈夫在玄关看着对方，都是一脸快要哭出来的表情。怎么办？要不别出门了。但是还有工作……我们俩商量来商量去，只得“嗯”了一声，狠狠心出了门。结果，丈夫当天还是提前结束工作回家了。

又过了两三天，我们要出门时，淘淘不再追到玄关可怜兮兮地叫唤了。即使我们摸着它的头说“我们走了哦”，它也是一脸若无其事的表情，好像在说：“哼。”

淘淘就这样极其自然地成了我家的猫儿。我有些担忧：在这件事上，它就没有犹豫过、彷徨过吗？

此后，猫这种动物一而再再而三地让我感到震惊。

淘淘来到我家，我最惊奇的是它走路完全没有声响。以前我并不知道猫走路会这么安静。当我在厨房里忙着做饭时，一回头就看见这个小家伙坐在厨房地板上。好几次都差点踩到它。猫咪走起路来就是这样无声无息吗？很多主人都给猫系一个铃铛，大概就是为了避免吓到自己，或者不小心踩到它们吧。

猫咪玩的游戏也让我感到意外。抛出一个球，它就会追上去。晃晃绳子，它也会穷追不舍，奔跑跳跃。我不禁连连惊叹，原来它能跳得那么高啊！

它衔着抛出去的球回到我的脚边，我惊讶得叫出声来。它咕噜一下把球放到地板上，瞅了我一眼，便移开视线。我再次把球扔出去，它又衔了回来。这种玩球的方法不是狗狗的专利吗，没想到淘淘也会这样玩。

最后，我还有一个了不得的发现，那就是猫缺乏运动天赋。淘淘跑去追球，脸会咚的一下撞到墙上。它撒开腿狂奔的时候想转个弯，脚下发出一阵阵像运动鞋摩擦体育馆地板的声音，却为时已晚，腰随即撞到了墙上。到了晚上，它时常在我身边睡觉，有一次我亲眼看见它在翻身的时候掉到了地板上。而且在掉落的过程中，两只前爪还在空中扑腾了几下。在桌子上睡觉时，也发生过类似的情况。如果我们事先觉察了，会及时地拦住它。我以前还以为猫是非常聪敏的动物呢。

“太让人意外了，猫的运动神经居然这么不发达。”我惊叹道。“不，只有淘淘是这样……”养猫经验丰富的丈夫得出结论。这是真的吗？扑腾着前爪掉下来，后背重重地摔在地板上，普通的猫绝不会这样吗……

总之，淘淘是第一只与我结下深厚缘分的猫。

猫咪去看医生

我一点都没料到猫竟是这么爱玩的动物。以前对猫一无所知，印象中，它们的常态是一脸倨傲地蹲着或眯着眼睡懒觉。淘淘却一个劲儿地玩耍，而且像控制不住自己似的，非要欢快地跳上跳下、跑来跑去，根本停不下来。

抛出一个球，它会把球衔回来，央求陪它玩第二次。再把球扔出去，它又送回来。这个扔球游戏是百玩不腻。拿绳子之类的东西在它眼前晃一下，它立刻咚地一跃而起。一只猫竟然能跳那么高，真是让人诧异。

不过因为运动天赋太差，它经常把脸撞到墙上，或是从高处掉下来，真让人为它捏一把汗。但不管是撞到哪儿还是摔下来，它好像从来没感到过一丝难为情，照旧一副若无其事的样子，继续玩耍。淘淘可真顽强啊。

来我家半年后的一天，淘淘像往常一样缠着我陪它玩耍，正玩到兴头上，突然张着嘴“哈——哈——”地大口喘起气来。

我当时没意识到情况不同寻常，还草率地以为：哦，原来不仅是狗，猫也会这么喘气呀。丈夫觉得有点莫名其妙："这种喘气的样子很少见呀，但是淘淘本来就和别的猫不一样……"他也不清楚淘淘奇怪的呼吸方式是怎么回事。

我们向淘淘的哥哥（从前叫小五的那只猫）的编辑主人打探，小五也这么喘气吗？结果对方告诉我们"不会呀"。他建议我们以防万一，还是应该带猫去看看医生。

就这样，我第一次带着淘淘去动物医院。哪家医院好呢？左思右想，最后决定去离家最近的那一家。这是在来我家之后，淘淘第二次外出。

我把它装进宠物包里，战战兢兢地出门了。经过车站前的时候，在来我家的路上一声不吭的淘淘，这会儿却喵喵地叫了起来。"没事的，没事的。"我一面安慰它一面慢慢走。

顺利抵达动物医院后，淘淘要开始接受检查了。血液检查需要抽血，院长女士提醒我："有些猫咪会大声地叫，叫得很吓人。它要是叫了，你可不要惊慌呀。"说完便给淘淘扎针。果然如她所说，我第一次听见淘淘以前所未有的音量喵喵大叫。

检查结果出来了，淘淘的心脏比一般的猫要大一点。它是美国短毛猫，这个品种的猫容易患上心脏肥大的病症，血液也容易黏稠，甚至会形成血栓，引发疾病。虽然没有让心脏变小的方法，但是避免过量运动，不把它喂得太胖，就能够降低发病的几率。医生给淘淘配了每天服用的药，我才知道这不是一家西医医院，开的全是中草药。

其实带淘淘去医院看病之前，我还没认真想过，宠物会在未来的某一天离开这个世界。当然，不用说我也明白，动物的寿命本来就比人类短得多。但是从来没有切身的体会，说不上真的理解这一点。

医生向我讲解猫的心脏情况时，我不由自主地落泪了。原本没打算哭的，也知道自己年纪一大把，哭鼻子太丢人了，眼泪却兀自夺眶而出。想必眼前这位医生一定有点不知所措吧，她安慰我说："有许多猫咪心脏不太好，也照样很长寿啊。我觉得无论疾病还是家庭，都是猫咪在来到这个世界前就自己选择好了的。"

听完讲解从医院出来，走在回家的路上，我的脑海里浮现出好几位朋友的面孔。他们都有养猫养狗的经历，家里现在也仍然养着宠物。我第一次发觉他们每个人都曾与珍爱的动物告别，目送一个生命离开这个世界。朝夕相处的小动物患病了，他们却得出门上班或去学校上课，就此阴阳两隔，他们一定为此泪流不止。可公司还有工作，学校还有课要上，又不能休假，在外面只得对着朋友们强颜欢笑。一回到家中，他们肯定忍不住泪水。大家都有这样的经历，才变得成熟起来，再次迎接一个崭新的生命，重新开始和它在一个屋檐下生活。大家都好厉害呀。不，是相当的厉害。我由衷地佩服他们。

接下来说说医院给猫开的处方药，一共有三种：第一种是水溶的粉末药剂，需要用玻璃滴管滴进猫的嘴里；第二种也是药粉，需要掺入少量的水捏成小丸子，然后投进猫的口中；第三种则是药片，要捣碎了混进猫粮里。从那天起，我就按照医生教的方法喂淘淘吃药。

淘淘是一只非常听话的猫，不讨厌处方药，每次都认认真真地吃完。“咱家的宝宝好厉害，真了不起。不是我们偏心，淘淘就是了不起。”我和丈夫不约而同地夸赞着淘淘。

我们把那支喂药的玻璃滴管放在厨房里，可两三天的工夫，滴管就不见了踪影。哎呀，是不是忘在哪里了？我琢磨着，又拿出一支新的。结果这第二支也消失了。莫非淘淘把它当成玩具拿去玩了？我在厨房里找了找，也没看到滴管的影子。

直到有一天，我终于发现了那些消失的玻璃滴管！

淘淘的猫砂盆后面有一个小小的不锈钢架，我打算清扫架子，就挪动了一下，没想到，那下面竟然有三支排列得整整齐齐的玻璃滴管。这是淘淘一支接一支藏起来的吧。哼，看你平常老老实实地吃药，其实心里很不情愿嘛。

然而对淘淘来说，比吃药更惨的是不能活蹦乱跳地玩游戏。等它慢慢长大，自然会稳重下来，可是它现在才一岁，正是爱玩的年纪。虽然没什么运动天分，却最喜欢蹦蹦跳跳、跑跑闹闹。它衔着球来找我，吧哒一下把球放在地板上，“喵喵”地叫，让我于心不忍。对猫的习性所知甚少的我束手无策，只得安慰淘淘“忍耐一下吧”。丈夫看在眼里，觉得淘淘实在可怜，便开始制作各种各样的玩具。不愧是养过猫的人，他知道什么游戏不必大量消耗体力，也能让猫玩得开心，比如用绳子串起一截截的吸管，在吉他拨片的正中央打一个孔，再用绳子系起来，或者把瓦楞纸卷成卷，套在手电筒上（屋里变暗后，小光柱可以从瓦楞纸前端投到墙上逗猫玩）。他用家里有限的东西制作出各种玩具，陪着猫咪在狭小的空间里玩耍。喵，原来如此，这下猫咪不用跑、不用跳，也能玩得很开心了。

过了几周，淘淘不再藏玻璃滴管了，而是乖乖地吃药。门外有什么动静，它会猛然起身。看它想跑出去，我们就及时关上房门，减少它跑动的距离，或者陪它玩别的游戏转移注意力。渐渐地，我们和淘淘都习惯了这种生活。

过了几个月，淘淘到了发情期，我和丈夫商量后，决定给它做绝育手术。于是，我又带着它去了医院。

我拎着宠物包出门。淘淘没有叫，大概是明白自己要外出。快到医院的时候,它死死地趴在宠物包的底部,一声不吭。“别担心、别担心。”我一边念叨一边继续往前走。真希望猫能听懂人类的语言啊。带着不愿意看病的小孩去医院的父母和我一样痛苦吗？不，应该比我更痛苦。我有生以来第一次开始思考为人父母是什么感觉。

到了医院，叫到我们的号时，我走进门诊室。刚把淘淘放到诊疗台上，它就转过身背对医生，肚子紧紧地贴着台面一动不动。医生和蔼地说着话，抚摸了一下淘淘，淘淘既不看医生，也没有转向我，只是对着空荡荡的墙壁轻轻地叫了一声：“喵——”

啊？淘淘这是生气了吗？我见过别的猫生气时会大声喵喵叫,但没见过像淘淘这样拖长尾音叫的。淘淘也会生气吗？它为什么朝着墙壁轻轻叫了一声呢？医生也不由得笑出声来：“怎么声音这么小呀。”

淘淘就在这一天接受了绝育手术，要在医院住上一晚。那时它来我家还不到一年，平常不怎么叫唤，很少发出声响，可没有了淘淘的家却静悄悄的，让人直害怕。

在这个弥漫着奇异的安静气息的家中，我和丈夫就像两个傻瓜一样，一遍又一遍地重复着：来咱们家的是淘淘，真是太好了。虽然它运动神经迟钝，心脏也不太好，还把玻璃滴管藏起来，生气了就轻轻地叫一声，但遇到这样的猫咪，可真幸福啊。

猫咪做完手术了

淘淘做完绝育手术后，戴着伊丽莎白圈回来了。

伊丽莎白圈！就算以前没养过宠物，我也知道这个东西，就是把宠物的头围起来的圆乎乎的颈圈。淘淘戴的颈圈十分可爱，在透明的底板上印着粉色的花纹。

淘淘，欢迎你回来，欢迎你回来！

我将淘淘带进家门。在医院住了一晚，又戴上了伊丽莎白圈，淘淘却没有表现出一点生气的样了，只是默默地接受了这个事实。淘淘真是什么都可以接纳，什么都能够谅解。莫非不仅仅是淘淘，全世界的猫咪都有这种“海纳百川的肚量”？

出院当天，丈夫为了奖励淘淘，买回了生鱼片。对淘淘来说，这是它第一次吃生鱼片，大概会很感激吧？我守在一旁看它的反应。它却像吃普通的猫粮那样，不慌不忙、不吵不闹，一副淡然自若的神情。不过它先从生鱼片开始吃，一定是觉得很好吃吧。

我在前面写过，淘淘没什么运动天赋。戴上伊丽莎白圈两三天了，淘淘还是没有适应，颈圈的边缘不断碰到东西，走路时也不能走直线。半夜里，我睡得迷迷糊糊的，忽然听见远处传来一阵阵“哐当——哐当——”的声音，而且离我越来越近。起初我有点害怕，不知道是怎么回事，后来才明白，原来是淘淘戴着伊丽莎白圈左撞一下右撞一下，磕磕绊绊地朝我走来。

为了查看术后的情况，我又带着淘淘去了医院。照理说那天是能取下伊丽莎白圈的，可淘淘好像在术后舔了伤口，肚子有些浮肿。医生说了句“看来颈圈短了啊”，便在颈圈外沿加宽了一圈，贴上了透明胶带。所以，它还得继续戴着伊丽莎白圈。医生又给它开了术后恢复的药物和消除腹部浮肿的药。

淘淘戴着大了一号的颈圈回到家中。我们觉得它更可怜了，多喂了它几片生鱼片。淘淘没有对变宽的颈圈表示意见，安安静静地吃光了生鱼片，接着再吃普通的猫粮。接下来，它依然跌跌撞撞，“哐当——哐当——”地到处走。

我们以为这次加宽颈圈后，淘淘就舔不到肚子了，没想到它三番五次地努力去舔，结果颈圈的边缘每次都会碰到肚子。浮肿的地方怎么也不见好转，反而恶化了。

我和丈夫十分苦恼，决定给淘淘做一件保护肚子的衣服。这个不行，那个也不行……经过反复尝试，心灵手巧的丈夫用纸打出了版型。他把纸版放在旧手绢上，比照着裁剪，再把剪好的布缝合起来。成品终于出炉了，不过有点像金太郎穿的肚兜。

给淘淘穿上这件衣服，系在肩上的布条却滑了下来，衣服根本挡不住它的肚子。原来猫咪居然是溜肩啊！但现在可不是大发感慨的时候。丈夫又试着修改了几回，都以失败告终。他还做了几件一两岁幼儿穿的那种大圆领背心，也没有一件能派上用场。

这让我坐立不安，第二天就去宠物商店找小型犬穿的衣服。但貌似哪一件都不适合淘淘。

我又到网上搜索“术后服”，看看有没有这种东西。哎呀，应该早点上网查的。网络真了不起，上面简直无所不有，我马上下单买了一件。

在术后服到货之前，淘淘还要去一趟动物医院接受复查。看到淘淘的肚子上依然有发黄溃烂的创口，医生说：“看来淘淘无论如何都想舔肚子呀。”

为了保证淘淘舔不到伤口，医生在它的肚子上垫了一块纱布，再包上能让它四肢自由活动的白色网状绷带。

这样，淘淘的颈圈终于能取下来了。

淘淘不讨厌这个白色网状绷带，老老实实地穿在身上。这个绷带看起来比颈圈舒服一些。嗯，这么说好像有点对不住淘淘，它套上网状绷带，像极了中元节或岁末别人送来的火腿，非常可爱。

几天后，我收到了术后服。这件衣服上点缀着小小的图案，非常漂亮。可淘淘已经有了绷带，轮不到这件衣服出场了。

多亏了医生的绷带，淘淘的肚子恢复得很快，几天后，绷带便拿掉了。最初那块红彤彤的部位，溃烂后开始泛黄，现在又恢复了粉嫩的颜色。不久，那块粉色的肌肤上隐约生出一撮撮绒毛。我和丈夫心中悬着的那块石头终于落了地。

我听说，猫做了绝育手术后会食欲大增。以前淘淘对吃东西一点儿都不上心，它不怎么挑食，也不会狼吞虎咽。通常没吃几口就停嘴了，剩下一大半，什么时候想起来再吃上几口。每顿都有剩饭，从来不会一扫而空。

这么看来，淘淘即便做完绝育手术，饭量也是老样子。

没想到，这回我大错特错了。淘淘也不例外，摇身一变成了贪吃的家伙。我刚走进厨房，它就以为要开饭了，紧紧地跟过来，一脸“我也不知怎么走着走着就到厨房了”的模样。它在我能看见的位置躺下，用两只前爪抱着脑袋，摆出招人喜欢的姿势。

“淘淘，还不到开饭时间哦。”

我对它说，然后开始准备我和丈夫的饭菜。它就过来蹭我的腿。

终于到了开饭时间。淘淘吃完药，见我打开了一罐猫罐头，平常很少出声的它抬起头直勾勾地盯着我，轻声叫着：“喵呜——”好好好，饭来啦。我拿着盘子走向它固定的进餐处。淘淘摇头晃脑地跟过来，开始吃饭。（不知为何，淘淘开心和兴奋的时候总会摇晃脑袋，怎么看都是一副不情不愿的样子。）

淘淘好恶分明，就算在绝育后食欲大增，不爱吃的东西也绝不碰一口。不过一旦亮出它喜爱的罐头，只消一两分钟的工夫，它就能吃个精光。吃完了，还在空空的盘子前瞟我一眼，摆出一脸“还没吃够”的表情。听到我说“已经没有了，不是刚吃过了嘛”，它就低低地喵呜一声。

到了淘淘去医院复查的日子，医生也不禁惊呼：“哎呀，小淘淘你长大了呀。”一称体重，原本不足三公斤的淘淘，现在已经四公斤出头。淘淘特别害怕医院，又对着空荡荡的墙壁低低地“嘶——”了一声。哎呀，你可别威胁别人啦，你都变得这么胖了。

回到家，我看看伸开腿横躺着的淘淘，肚子那儿确实圆鼓鼓的。它趴在桌子或椅子的边缘，下巴能压出一圈横肉。淘淘的脸小，所以只看脸是看不出它变胖的。这么说来，有一张小脸的女孩即使长胖了也不容易察觉。“我也想变成脸蛋小巧的女人啊。”都记不清这样感慨过多少遍了，我一边想一边看着身形膨胀起来的淘淘。

对淘淘的隐疾来说，肥胖是大敌。它又不能做剧烈运动，很难通过运动维持体重。

我们决定控制淘淘的食量，在以前的基础上减少三成。在买猫罐头的时候，我们会注意查看卡路里。好在淘淘喜欢吃的牌子大都是卡路里含量低的，其中还有一罐才一百二十千卡的。

不知道淘淘有没有发现自己的食物变少了，反正碰到合胃口的食物，它会比从前吃得更干净，然后又摆出“还没吃够”的样子。后来，它甚至装作没吃过饭。我喂完它就出去了，丈夫回家打开房门，淘淘飞奔过来，缠着他喵呜叫，把他引到自己的进餐处。丈夫以为它还没吃，便又喂了它一回。淘淘像根本没吃过东西似的，狼吞虎咽地吃起来。

屡次发生这种情况后，我和丈夫在无法碰面的日子里总会互相通风报信，比如“已经给过饭了，可不要被它骗了”“淘淘还没吃饭”等等。

淘淘就这样变成了一只演技超群的猫咪。

猫咪接受采访

一位养猫的编辑问我："能不能给您做一期关于猫的访谈？"他说月刊有一系列版面，主要刊登宠物和主人的照片以及访谈。我欣然接受了他的邀请——来吧来吧。

那时淘淘还不满一岁。编辑、撰稿人、颇有名气的摄影师和摄影助理一同来到我家。淘淘自从来我家后就不认生，门口的对讲机一响，第一个飞奔到玄关的便是它。面对突如其来的一伙人和各种器材，它一点儿也不胆怯，还走上前去嗅一嗅，用陌生人的裤子磨磨爪子。

淘淘不乐意被人抱着，所以拍不了我把它抱在怀中的照片。在摄影师的指导下，淘淘坐在猫爬架上，我则站在它旁边。

淘淘竟然乖乖地蹲坐在猫爬架上，目不转睛地看向镜头，仿佛明白这位大名鼎鼎的摄影师正在给自己拍照。这可真让人吃惊。

照片很快拍完了，在其他人收拾摄影器材的时候，杂志撰稿人开始采访我。这位撰稿人在桌子对面坐下后，淘淘就咻的一下跳到人家的膝盖上，蜷成一团。我大吃一惊，因为淘淘从来不会坐在我或丈夫的腿上。

莫不是淘淘喜欢采访……

采访结束后，我和这位编辑去吃饭。“哎呀，小淘淘真棒啊。”他热情地夸奖道。他家的猫特别认生，只要有外人在场，就见不到它的影子。有一天，他和太太外出旅行，让猫独自留守家中。这期间委托他的兄弟来给猫喂食，据说每次都见不到猫咪的踪影。

原来猫咪如此多种多样啊……我感到震惊之余，又想起一件事。我有一位朋友，家里养着两只猫，一只认生，另一只不认生。如果主人不留心关照一下，躲起来的猫就会被忽视，得不到关爱。但是现在想一想，那只躲起来的猫儿一定藏在家中某个角落，静静地屏息观察周遭，直到陌生人离开。

现在，我又有了一个新发现：淘淘在镜头前毫不扭捏，利落地摆出各种造型，还跳到陌生人的膝盖上。它绝不是一只普通的猫。

没养过宠物，就会有很多事不了解，包括宠物杂志和宠物新闻。我不是不知道有这种东西，只是从前不太感兴趣。

越来越多的人想来找我做关于猫的采访，我有点诧异：

原来还有这么丰富多样的杂志，这样五花八门的报道。单是说到猫咪，除了各种猫咪主题杂志，还有整本都是猫咪漫画的刊物。自从上次开了先河，便有越来越多的杂志社向我发来邀请。看着淘淘享受的样子，我大多是有求必应，接受采访。

像第一次接受采访时那样，淘淘每次都会到玄关迎接采访团队，在走廊里蹭蹭来访者的脚，再坐到相机前占领阵地。

淘淘有一件至今都不愿做的事，就是被我抱在怀里拍照。其实，淘淘平日也极少让我抱着。丈夫一抱起它，它就老老实实地待在他怀里。我怀疑自己抱猫的方法可能太差劲了，多次向丈夫请教其中的要领，直到有一天才忽然意识到，淘淘允许丈夫抱却不允许我抱，根本不是因为我抱猫的方法有问题，而是它跟我们俩的关系不一样。

来采访的人一般都希望拍到主人抱着自家的猫咪莞尔一笑的照片。有一次，采访者无论如何也想拍出那种画面，我便尽力配合他们。我不想勉强淘淘做它讨厌的事，就拜托那位摄影师："估计只有五秒钟，它就会从我怀里钻出去，请趁我抱着它的时候赶快拍下来。"说完，我一把抱住了淘淘。几经周折，反复拍了好几遍，最后我终于看到了登出来的照片，照片中的淘淘好像很不情愿似的绷着脸。"平常反倒更可爱……"我一边看照片一边自言自语，已然是一位眼里只有自家宠物的主人了。此后，不拍抱着猫的照片成了我接受采访的条件。

丈夫也接受过关于猫的采访。有一次我看到一篇报道，照片里的淘淘被丈夫拥在怀中，还一脸开心。先不说别的，淘淘根本不可能对我展现出这种表情。

我看着照片思考起来，有些摄影师能在瞬间记录一只猫的个性，也能在一刹那捕捉到猫和主人的亲密程度。淘淘并不是那种对一个人亲热、对另一个人冷淡的猫，它会对着我们两个人撒娇。它很会照顾人的感受，如果它跟丈夫撒娇时看到我进门，就噌的一下从丈夫的膝头跳下来，轻柔地喵喵叫着，在我的脚下蹭来蹭去，那样子好像在告诉我：我对你们一视同仁哦。看着那张照片，我才意识到，淘淘对待丈夫和我的态度是不同的，各有各的好处。

来采访的人——比如撰稿人啦、编辑啦、摄影师啦，多半也养着猫，或者以前曾养过猫。他们都懂得如何照顾猫，给淘淘带来很多礼物，比如羽毛做的玩具、一扔到地上就弹来弹去的球。我们很少给淘淘买玩具，那些像样的玩具全是别人送的。那些不怎么像样的玩具，比如购物袋团成的圆球，或者用绳子连在一起的吸管之类，则是自家的手工作品。

另外，猫咪的照片每每给我带来震撼。真心佩服摄影师，竟然能把猫拍得这么可爱！一看就能明白，成就这些美好照片的不仅仅是技术，还有摄影师的爱。他们对小生命的爱从照片中漫溢出来。采访结束后，很多摄影师还给我发来没有选用的照片，其中隐藏着许多惊喜，有我从未见过的格外漂亮的淘淘，大概只有我和丈夫才能见到的漫不经心的淘淘，摆出连我都没见识过的娇媚姿势的淘淘……我也隐约从中看到了摄影师心爱的或曾经爱过的、一起度过岁月的小动物的影子。看着这些照片，我不禁流下了眼泪。

淘淘也曾让摄影师惊讶万分。它在被跟拍的时候，开小差溜去上厕所了，即使人家拿着镜头对准它，它也满不在乎地先解决完内急再说。摄影师一本正经地对我说："还是头一回遇到上厕所时让人拍照的猫。""咦？猫不在人面前上厕所吗？"我又陷入了震惊。

就是这么一个天不怕地不怕的淘淘，在过了两岁之后，却听见门铃响就立刻压低身子，扭一扭屁股，藏到沙发或床下面。话说有的孩子在幼儿阶段爱说爱笑，可长大一点就变得惧怕陌生人了。我原以为淘淘也属于这种情况，奇妙的是，没过两三分钟，淘淘就被好奇心打败了，慢慢地走出来，闻闻客人的袜子，挠挠人家的裤脚。

最近我在家接受采访时，它也是不管三七二十一先躲起来再说。前不久那次采访便是如此，采访者进门后，没过多久它就溜了出来，先闻闻器材，再直直地竖起尾巴，在陌生人的脚边穿梭。它还在来访者面前高高地跳起来，高度差不多快到年轻助理的腰了。

接着它不露声色地一步步挪到镜头前。摄影师不拍它，反而去拍室内装饰时，它对我眨眨眼，仿佛在问我："难道不拍我吗？"

等到摄影师为我拍照片时，它又不经意地靠过来。如果我坐在桌边，它就跳上桌子，从我面前横穿而过；我挪到桌子一角，它又开始梳理毛发。看样子它满心期待着被人拍照啊。

即使不少采访与淘淘无关，最后刊登出来的照片里，也能看到它毫无惧色地注视着镜头。

猫咪肚里能撑船

猫咪有太多让人吃惊的地方，但让我打心底觉得不可思议的是猫咪很宽容。

猫的性情阴晴不定、喜怒无常，还十分任性，要求也很多。它们特立独行，从来不顺应人类的要求。我曾经对这些评价深信不疑。

人们常打比方说“有的女人像狗狗一样”“有的女人像猫咪一样”，前者多形容女人温厚顺从、情深义重，而后者则暗指女人为所欲为、颐指气使。我年轻时特别希望别人把我比作猫，可实际上我是狗型人格。

就这样，一个从没养过猫猫狗狗的人，深信狗和猫是两种完全对立的动物。我还认为狗会等主人等到地老天荒，而猫大概一秒都不愿多等；狗害怕寂寞，而猫喜欢独处；狗可以被人抱在怀里或者抚摸，而猫要是不想被人碰触，你动它一根汗毛，它就会立马翻脸。

以为猫和狗是两种截然相反的动物，貌似是我的偏见，这跟很久以前对男女的看法差不多。既然有像狗一样的猫，就会有像猫一样的狗，那肯定还有像兔子一样的狗和像大象一样的猫。

淘淘很少发脾气。我在前文写过它默默地来到我家的经历，自那以后它便一直安安静静地生活，不大声吵闹，也不冲着人怒吼，更没有对我伸出过利爪。

淘淘走动时没有声响，所以我经常撞到它。对淘淘来说恐怕像被人踢了一脚吧。但它连哼都不哼一声，漫不经心地扭头就走。“淘淘，对不起对不起，踢到你了，真抱歉。”我追上去跟它道歉。可它好像全然忘记了，转过身一脸不解地看着我。

有一次我端着一盆水，淘淘就在我的脚边蹭来蹭去，结果把水洒到它身上了。它虽然吃了一惊，却也没有抗议，只是满不在乎地走进房间。熟睡的淘淘肚皮和后背仿佛能释放出某种令人快乐的奇异物质，我常常把整张脸埋进去，由衷感叹：哦哦，好舒服。淘淘不太喜欢被人压着，但它不愧是只好脾气的猫，只是慢腾腾地翻个身，挪了挪位置，避开我的脸。后来，它可能嫌这么躲来躲去的太麻烦了，干脆一动不动地任由我把脸埋在它身上。

有时候，淘淘叼着最喜欢的球找到我，央求我陪它玩会儿，碰巧赶上我手头有事要做，就没法奉陪了。“对不起，小淘淘，我现在没空啊。”说完我又去忙了。淘淘不会死乞白赖地纠缠下去，只是把球放在我的脚边，一直盯着我。等我回过神来，发现身边只剩下一个球，淘淘早已在走廊里进入梦乡。它放弃了。

它既不反复无常，也不任性妄为，更不会摆架子。不仅仅是这些，淘淘还能接纳和容忍好多事情。这种“宰相肚里能撑船”的气度是猫的特性还是淘淘的个性呢？

淘淘只在刚开始吃药时把玻璃滴管藏起来，吃了一个月后，它好像完全习惯了。因为不反感吃药，后来它再也没有把滴管藏起来或者把药瓶弄到水池里。

快开饭的时候，它来到厨房里，端坐在我的脚边。我给它准备好饭前的药，说着“淘淘，吃药了”，把它抱到怀里，它就会浑身一软，任由我摆布。我像抱小婴儿那样抱着它，给它喂药喝。淘淘每次都瞪圆眼睛注视着我。就算喂完药了，它也像毛绒玩偶似的一动不动。“它要发呆到什么时候呢？”有一次，我也不由自主地陷入了沉思，等回过神来，一分钟已经过去了。“啊，我这是在做什么呀？”淘淘也回过神来，立刻跳到地板上。那样子实在是太可爱了。自那以后，我每次给它喂完药就出神地看着它，它也同样呆头呆脑地出神，接着才猛然回过神来。

想想看，淘淘就这样包容着发生在身边的每件事。

去医院看病也是如此。它想必害怕得要命，可一进包里，它就不再挣扎着逃脱，而是老老实实地待在里面。到了医院，放它出来的时候，它只是低声叫一下，便没了声响，恢复了平静。去医院的路上，它一直保持着趴伏的姿势，假装自己消失了。我把它放到医生的诊疗台上，它便缩起四肢，揣着爪子，身体像个方方正正的盒子。顺便一提，淘淘的“香箱座”[①] 卧姿并不规范，两只前爪不能完全揣到身子下面。它纹丝不动，医生拿着听诊器按到它身上，它只是看向没人的地方，“嘶”地叫一声。“这只小猫咪是怎么回事？”医生都快笑出声来了，可淘淘还是老样子，一动不动。

听诊结束后，淘淘还待在诊疗台上。我和医生说话的时候，它仿佛怕打扰到我们一般，保持着坐姿，轻手轻脚地挪到诊疗台的一端，在紧挨我身边的宠物包的位置趴下，仍然揣着前爪，保持着香箱座的姿势。

体检结束后，我们踏上归途。一路经过饺子馆、烤串店，

①指猫将四肢收进身体底下的坐姿，形似存香的方木盒。

街道上飘散着各种各样的味道。淘淘大概通过味道判断离家越来越近了，刚离开医院没多远，它就站起身。方才还是一副假装消失的样子，这时却四脚站立，动动鼻头嗅嗅气味，眺望着外面不断变换的风景。

终于到家了。我在玄关打开宠物包，淘淘马上迈出来，毫无怨言地走进屋里。几分钟后，它仿佛已经把去医院的事抛到了脑后，一骨碌躺下，露出肚皮睡大觉了。

面对淘淘这样的猫咪，我感到惊讶的同时，心中油然生起一股感动之情。当然也有淘淘自己个性的因素，但我还是感叹猫咪真是体贴的动物。狗儿也好鸟儿也好，动物们体贴人的方式不尽相同。猫咪的温柔体贴是无微不至的，有时甚至让人觉得它们有些见外了。

盛夏的夜晚，淘淘总在床底下睡觉；寒冬的夜晚，它会爬到猫爬架上的吊床里入眠。清晨天色微明的时候，它会来到我身边，而且一定要钻到我的左胳肢窝下，一边发出呼噜呼噜的声音，一边伸出前爪按来按去，然后就这样闭上双眼。但刚要坠入梦乡，它又忽然睁开双眼，再次回到床下或猫爬架上的吊床里。黎明时分的这一小会儿，它的一系列举动究竟意味着什么呢？我百思不得其解。难道这代表淘淘在关心我吗？也许淘淘知道我特别想和它一起睡觉，所以才在这短短的几分钟里陪陪我。

即便是这么细心体贴、性情温顺的淘淘，也会极其罕见地爆发一下情绪。虽说是发怒，但它并不会“嘶嘶”地威吓，而是用身体攻势来发泄一下。

我惹淘淘生气的缘由可不是耽误它吃饭、不陪它玩耍之类，而是关乎它的隐私或名声的事情。

比方说，淘淘可以待在家里的任何地方，唯独厨房的洗碗池是禁止入内的。然而，跟它说不能跳进池子里，它反而更想待在那儿。特别是我们对它漠不关心的时候，它就故意跳上去，还斜眼瞅一瞅我们。“淘淘，快下来！”如果连这句训斥也不管用，我就在它眼前拍拍手，也就是用上相扑里的猫骗招式[①]。淘淘吓了一跳，立刻跳下来跑进隔壁的房间。

然后我在厨房里开始做饭。过了一小会儿，淘淘竟然一边小声喵呜着，一边从走廊里跑过来。紧接着，它让我吃了一记飞踢——它踏着地板，整个身子腾空而起，两只后脚在空中画了个三角形，用脚掌踢向我的腿，然后溜之大吉。

淘淘受惊后很生气，大概觉得自己被愚弄了，竟然在眼

①指相扑比赛双方在聚精会神对峙时，一方冲出去的同时，伸出双手做拍掌等假动作，干扰对手。

皮底下被人吓了一跳。但是它并没有立刻火冒三丈，而是跑到另一个房间，认认真真地考虑了一番，最后得出这样的结论：嗯，果然还是让人生气。“这算哪门子事啊！”它小声嘀咕着从走廊冲进厨房，上前朝我飞踢一脚，“哼！”然后撒腿就跑。这些都是我的想象，不过除此之外，还能怎么想呢。

目前淘淘的愤怒只有这种表现方式。虽然它对待我和丈夫的态度截然不同，泄愤的方式却是一模一样，公平对待。这愤怒的飞踢大概每隔三四个月就会施展一次，但它并不会伸出利爪，而是用温暖的脚掌轻轻拍我们一下。猫咪真是很温柔啊。

如果身边有一位“像猫咪一样的女人”，我恐怕早就被她迷得团团转了。

猫咪用语

每个世界都有自己独特的语言。在我的工作领域中，就有校样、校毕[①]、责毕[②]、年末进行[③] 等数不胜数的术语。一开始我自然不知道这些词，心里思量着："校样是什么意思呢……"但不知不觉，校样这个词就像自动铅笔和伍斯特酱一般，进入了我的日常词汇行列。

今年我开始去整骨的时候，医生提醒我："有可能出现'矫正痛'哦。"我不禁问道："那是什么意思呀？"原来是指骨头矫正复位后，肌肉会出现酸痛的情况。此外，在治疗过程中也碰到了不熟悉的词儿，让我暗自头痛。耳边净是些从未听说过的词语和说法，本想给大家举几个例子，可实在记不起来了。

---

①出版用语，校对完毕。

②出版用语，责任校对完毕。

③出版用语，月刊、周刊等期刊因岁末年初印制部门休假等原因，各项工作的截止日期会相应提前一些。

猫咪世界也有猫咪的专属用语。当然，那并不是“校样”“矫正痛”之类的规范词语，而是类似俗语的用语，是只能在那个世界里通用的词儿。即使翻遍辞典也找不到，但猫咪世界的人却是一听就懂。

比如“踩奶”——我之前既没听过这个词，也没见过猫咪做这种动作。据说小猫在吃奶时常用前脚踩母猫的乳房，有的猫长大后还保留着这种幼时的习惯。这个动作就是“踩奶”。

这个词的发音太可爱了，说出来真让人难为情，我无论如何都说不出口。可淘淘开始用前脚一踩一踩的时候，除了这个猫咪用语再也找不到合适的词。我不禁脱口而出：“哇——它在踩奶！”

见我躺在床上，淘淘总会来到我身边，坐下来踩奶。它最爱踩我的肚子。“我的肚子和身体其他部位相比……格外柔软吗……”这样的心情不禁油然而生，不过它喜欢踩就踩吧。没见过别人家的猫怎么做，所以我也不太了解猫咪踩奶的习惯，但淘淘每次踩的时候，目光总是有点茫然，仿佛在念什么咒语。而且它按压的力度很大，即便给它修剪指甲，爪子也会勾住我的睡衣。于是我的睡衣成了它磨指甲的工具，被划得破破烂烂。在昏暗的屋子里，它来回按压我的肚子，喉咙深处发出呼噜呼噜的声音，还真有点吓人。它这么踩着踩着，就呼噜呼噜地睡着了。被它使劲踩来踩去之后，我的肚子偶尔会产生共鸣，跟着咕噜咕噜地响起来。

淘淘只对着我踩奶，从来不去找我丈夫。这肯定是因为我身上的脂肪比丈夫的厚。换个角度想想，这是一种特殊待遇，我不免有点得意。

有时候有种冲动，很想去看看别人家的猫都是怎么踩奶的。别的猫踩起来也这么用力吗？眼神也这么茫然吗？神态不像撒娇，而是更像念咒语吗？猫咪的动作不应该和这个词念起来一样，更可爱一些吗……

不知为何，在猫咪来我家之前，我就知道“咔嚓咔嚓”这个词是指干猫粮。但这个词和踩奶一样不好意思说出口。因为这个词太可爱了。直接叫干猫粮不就好了嘛。

然而等我回过神来，“咔嚓咔嚓”早已脱口而出，覆水难收了。我推测这个词的来源大概是这样的：猫吃干猫粮时会发出“咔嚓咔嚓”的声音，所以就用这个拟声词来形象地代指干猫粮。

淘淘吃猫粮也会发出同样的声响，但那并不是口中的咀嚼声，它是用前爪抓起猫粮一粒粒放进嘴里。第一个发现它这种吃法的是来家里采访的摄影师。当时他正在拍淘淘吃猫粮的照片，忽然叫了起来：“哎呀，它像人似的在用手吃饭呢！”我从来没注意过淘淘怎么吃猫粮，不禁吓了一跳。当然，能准确抓住一粒塞进嘴里的概率很低，常常吧嗒一声掉到地板上，它把这些掉在地上的也吃掉了。每次都一粒一粒地抓着吃，一抓猫粮，饭盆便咔嚓咔嚓作响。“这声音果然是咔嚓咔嚓。”不知不觉中，我已经把这个词挂在嘴边了。

“露肚皮”这个词也是猫来了之后才知道的，是指猫咪四脚朝天躺着的姿势。

我只知道狗会四仰八叉地躺着呼呼大睡。它们信赖谁，放下戒备，才会向谁亮出肚皮。有一次我在朋友家摸着狗狗的肚皮,它顺势翻个身,摊开四肢睡着了。那个样子太可爱了，我陶醉得不得了，不禁继续抚摸它的肚子。

刚来到我家的小猫咪淘淘也大剌剌地亮出肚皮的时候，我大为吃惊。咦，猫也会这样躺着吗！我原来以为猫是戒备心更强的动物。

果不其然，猫咪好像不太喜欢被人摸肚子。我像摸狗狗那样摸着淘淘，它并没有就势躺下。它一般只在躺着的时候，才会自然而然地露出肚皮。

淘淘很喜欢露肚皮。走廊里、窗户边、床底下……不管在哪里，它都能平躺着仰面朝天地睡觉。

淘淘的性格很执着，有时候它明明已经吃过饭了，却摆出一副还没吃的样子，安安静静地坐在饭盆前。一开始我还劝它："淘淘，你不是吃过饭了吗？"它纹丝不动。时间一长，我就忘了这件事，到别的房间忙自己的事去了。过了一会儿从饭盆前经过，看见它装模作样竟然装到犯困，已经睡着了。一看到它露出肚皮的姿势，我的心就扑通扑通直跳。

经过一番调查，我才知道，原来猫咪露肚皮并不罕见。实际上很多家养的猫咪都会摆出这种姿势，可我每次见了还是大为惊叹。淘淘舒展开四肢、袒胸露腹，安安静静地躺着，仿佛把周围的声响都吸进了身体里。而且柔软的猫毛随着心脏的跳动缓缓地起伏。我觉得仿佛在注视某种神圣的事物，情不自禁地将眼前的一幕定格在相机里。

在我的手机里，有很多淘淘露肚皮的照片。工作进展不顺利的时候，我就翻看它来我家之后的照片。有那么一瞬间，我觉得这些露肚皮的照片竟成了淘淘的成长记录。它刚来我家不久，个头还小小的，轻轻张开四条腿露出雪白的肚子。慢慢地，它长大了，肚皮上不知为何浮现出斑点状的花纹。现在，它甚至会煞有介事地仰躺着，姿势很是威严。

"时间过得真快呀……"我不禁望向淘淘，回忆起它还是小奶猫时的模样。

之后,我又遇到了一个对自己而言十分新奇的词——“毛茸茸”。这是形容抚摸猫咪腹部柔软绒毛的手感，或者脸贴近猫毛时的感觉。

“毛茸茸”真是太妙了,我再也找不出第二个更贴切的词。创造这个词的人真是了不起。

淘淘是美国短毛猫。在猫的世界里，它的毛也许算短的，但它的肚子却毛茸茸的。当它露出肚子的时候，那柔软的猫毛上似乎散发出某种特殊的物质，就像柔和的光线。“好软……”我情不自禁地被它吸引，回过神来，脸早已埋在那片毛里了。啊，这就是毛茸茸呀。猫咪来我家之前，我的人生中还没有“毛茸茸”这个词,也从来没有体会过什么是“毛茸茸的幸福”。

乖巧的淘淘虽然不喜欢被人蹭来蹭去，但也老老实实地为我敞开胸怀。“淘淘好乖，我这么贴着你，你也不挣扎。”我一边把头埋在猫毛里，一边含混不清地说着。温柔的淘淘大概是厌倦了我呼出的热腾腾的气息，或是讨厌我发出的声音震动它的肚子，它一点点、一点点地挪动位置，悄悄地从黏人的我身边逃开了。

我想，一定也有只能在自己家使用，不能在整个猫咪世界里通行的猫咪用语。

不论是包罗万象的广阔世界，还是猫咪的小世界，一旦打开那扇通往未知世界的大门，你就会惊叹那里的风景原来如此丰富多彩。

猫咪不进来

如果我身边有一只猫，我无论如何都想看它做一件事。

那就是——猫锅。

有一次，我看到一张猫蜷缩在陶锅里的照片，备受视觉冲击。那本写真集还收录了另外几张猫待在陶锅里的照片，我当时特别兴奋，暗暗惊呼，好想看一看真正的猫锅！用现在的话来说，我那股兴奋劲儿或许就是“萌”[①] 的感觉。

猫为什么要钻进陶锅里呢？我当时对猫一无所知，觉得简直是难解之谜。看上去不太像被主人强行塞进去的，似乎只要准备一个陶锅，它们就会主动钻进锅里。

后来我才明白，猫这种动物就喜欢箱子和袋子这类让身体缩成一团的狭窄空间。

淘淘来了没多久，我内心便涌起了“好想看一看猫锅”

①日本流行语，指看到可爱事物时有一种热血沸腾之感。

的欲望。

淘淘会进去吗？我拿出陶锅摆到它面前。它嗅了嗅，转身走开了。咦？难不成锅的尺寸有问题？我又换了个小点儿的锅，它依旧没什么兴趣。

不过，我坚定不移地认为：只要那儿有个锅，它总有一天会进去的。

结果，它并没有钻进锅里。

真让人遗憾，淘淘竟然是那种根本不想钻进锅里的猫。

我的另一个愿望也落空了。不是很多猫都会在寒冷的日子里钻进被窝吗？我像盼望淘淘钻进陶锅那样，满心期待它钻进我的被窝。

结果，我同样没能如愿。

来到我家后，淘淘犯困时总会跑到我和丈夫身边，挤在我们的脑袋边啦、脚边啦、胳肢窝下睡觉。我们的脑袋边（枕头上）和脚边（棉被上）一旦被它占领，盖好被子都成了难事，挤在胳肢窝那儿倒不怎么碍事。天冷的时候，淘淘贴在我胳肢窝下睡觉。我轻轻地给它盖上被子，它立刻睁开眼，溜出被窝跳到地板上，跑得没了影。

哈，这是因为它根本不知道躺在被窝里有多快乐，应该让它体验一下才是。所以趁淘淘躺在床上睡觉时，我悄悄地给它盖上被子。可是每次都以失败告终，令人扫兴。大概它就是讨厌棉被吧。

即便是数九寒天，淘淘也宁愿睡在被子上，绝不钻进我的被窝里。我的胳肢窝下面是它固定的睡觉位置，要是我身上盖着被子，它就不再靠过来了。我想和淘淘一起进入梦乡，只好用被子盖住下半身，等待它的到来。唯有这样，淘淘才会乖乖地缩成一团，紧紧地贴着我睡觉。

好冷啊，不过有淘淘依偎的地方是那么温暖。但是依然很冷啊……

冬日里，我的上半身就忍受着这冷冰冰的空气。

就算床上只有它自己，淘淘也肯定不会钻进被窝里，而是选择在被子上或地板上睡觉。淘淘大概是只怕热的猫吧。

淘淘也不钻纸箱。我见过这样的照片：一只猫非要钻进比自己还小的方形厚纸箱里，由于它的体形太大，都快把箱子撑垮了。我也亲眼见过猫咪跳进瓦楞纸箱中。它们似乎都是主动靠近箱子，然后轻轻松松地跳进去。

我家里正好有那种装水果的礼品箱，我便把箱子放到淘淘的必经之路上。对什么都兴趣盎然的淘淘走上前闻了闻，接下来把一只前脚迈进箱子里。哇，进去了进去了！我当时别提多兴奋了。不管怎么说，眼前这只从不钻进任何东西里的猫，就要钻进箱子了。淘淘又不慌不忙地迈进另一只前脚，两只后脚也跟着进去了。它像往常一样立着两条前腿蹲在里面。哇——它坐下了！虽然坐姿和我看过的照片不太一样，但它总算坐进了箱子里。我想用照片记录下这份感动，便伸手去够相机。然而还没等我拿到手，淘淘便咻的一下跳出了箱子。从那以后，它再也没有主动进过箱子。

不用说，淘淘当然也不会钻进袋子里。我准备好塑料袋或商场的纸袋，它只是凑上来嗅嗅，想看看袋子里装着什么东西，完全没有钻进去的心思。

可不要小瞧淘淘，它还有更让人匪夷所思的事。

到了夏天，它经常肚皮朝天地躺着。我以为它嫌天气太热，都说猫怕热嘛，便给它买了一张降温解暑的凉毯。不知里面是什么结构，反正这东西看上去有点像坐垫，摸起来却凉凉的。我把凉毯放在淘淘经常睡觉的地方，它也不躺上去。我猜它还不知道这块毯子有多凉快，便像以前给它盖被子那样，偷偷摸摸地把它抱到上面，结果它还是躲开了，就是坚决不碰这张毯子。

除了不钻进箱子之类的东西，它还不肯趴到凉毯上。

面对严寒酷暑，它难道连一点办法也不想吗？还是全然不在乎这些呢……

眼下又到了渐渐冷起来的时节。夏天，淘淘还常常在走廊、厨房、餐厅和床下面仰面朝天躺着，给后背降降温，这阵子我常见它在床上端端正正地蜷成一团。有时候看不到它，我一边寻思着“去哪儿了”，一边满屋子找，没想到它缩成圆圆的一团，正窝在床上。夜幕降临，它仍然睡在床上，可就是不肯钻进我的被子里。

淘淘的到来让我骤然对猫生出了兴趣，我开始翻看好多人写的关于猫咪的博客。博客里登场的猫大多躺在圆形或方形的松松软软的猫窝里。哎呀，这样的窝既方便又温暖。我在卖猫咪用品的网店里搜罗了一圈，果然找到了。猫窝的种类之多令人眼花缭乱。有拱形的、睡袋型的，简直应有尽有。其中有一款圆形猫窝吸引了我。这个猫窝像一个立体坐垫，正好能装下蜷成圆溜溜一团的淘淘。

不过光是这种圆形猫窝就有好多款式，有的外侧是藤条，有的内侧是毛皮、羊绒等面料，上面的图案也是花样繁多，有豹纹、圆点、格子纹等。说来也奇怪，猫窝的样式如此繁多，能让我怦然心动的却少之又少。为什么宠物们的窝大多是粉嫩色系和梦幻风格的呢？我怎么也找不到那种造型简约时尚，让人愿意摆在家里的。

有一次我倒是遇到了一个可爱的猫窝，本想在天气转冷之前尽快下单，没料到这一款竟然脱销了。无奈之下，我只得继续寻找别的中意的款式。“要不别介意图案和款式了，先考虑防寒保暖的功能怎么样？”我烦恼了一阵，忽然想起一个问题。

淘淘会爬进猫窝里吗？

陶锅和纸箱也好，袋子和棉被也罢，对这些统统置之不理的猫，会喜欢猫窝吗？

我思前想后，总觉得这种事很难发生在淘淘身上，想先听听专业人士的意见，就和丈夫商量要不要给淘淘买猫窝。果不其然，丈夫说道：“淘淘会进猫窝吗？我觉得它大概不会进去吧……”

最后，我们还是没有给淘淘买猫窝。

经历过这些，我才明白，对于大多数与宠物一同生活的人而言，每天的生活都是一场赌注。它会不会喜欢某个东西呢？大家想破脑袋也得不到答案。且慢，说不定它很喜欢呢。不管是玩具还是其他东西，主人们都得这样瞻前顾后地思量一番，最后才掏钱给它买下来。然而，宠物们对买回来的东西连看都不看一眼是常事。到头来，我买的那块凉毯也成了地上毫无意义的摆设。不过我还是没舍得扔掉它，因为我还幻想着有一天淘淘会欢欢喜喜地躺在上面。这可不是异想天开，我听说别人家的猫从前也不理会凉毯，可今年竟然坐上去不挪窝了。

我家的猫玩具都是别人送的。淘淘对自己的玩具也挑三拣四，它不太爱玩市面上畅销的玩具，最喜欢用它的毛团成的毛球、塑料瓶的盖子、吸管段儿。该怎么说呢，我真心佩服它的节俭精神。不，或许更应该感谢它为我家节约了一大笔开销。

猫咪的赌注

陶陶来我家后不久，我无意间看到一个朋友在博客中写道，他家也开始养猫了。没想到有这么巧的事，我非常开心。从那以后，我经常浏览他的博客。

有一天，他的博客里出现了一样我没怎么见过的东西——猫爬架。它的主体是一根木杆，从房间的地板一直伸向天花板，上面装着朝各个方向伸出去的板子。

对猫一无所知的我，不知道猫喜欢爬上爬下的运动，不敢相信它们会在猫爬架上开开心心地玩耍。我有点好奇，便上网查了查。原来还真有这种东西！各种各样的猫爬架顿时出现在眼前。

啊，原来猫爬架是如此常见的畅销商品……我这才恍然大悟。

接着我又浮想联翩，仿佛看到了我家那个小家伙在猫爬架上爬上爬下、愉快玩耍的身影。没用几秒，我便下了决心：

好，买个猫爬架吧！

我马上打开了猫咪用品的网店，开始物色喜欢的猫爬架。

不看不知道，这猫爬架可真不是简简单单的东西。对我来说，再也没有比在家里养一只猫更开心的事了，但是从没想过要把家里布置成以猫为主题的房间。我这个人有点懒散，并不偏执，但在布置房间时，也会先排除自己不感兴趣的颜色和材料。因为懒，我尽量不在家里摆放多余的东西。没用的东西一旦多起来，人就闲不住了，就没法散漫地过日子了。

我做好了心理准备，要在房间里放上一个分量不小的猫爬架。上次没买到那款小巧简洁的猫窝，很不甘心，但看到网上的猫爬架后，我又犹豫起来。首先它太大了，不管怎么看都是个庞然大物。而且布料的花纹不好看，几处塑料零部件的颜色也太花哨。我当然可以不管三七二十一，把这个儿童滑梯似的猫爬架塞进客厅，但客厅并不大，放上这么一个庞然大物，立刻就变成淘淘专用的房间了。

难道就没有不太显眼，又能和整个家的装修风格协调的猫爬架吗……

找着找着，我终于眼前一亮，“这个不错！”眼前这个猫爬架的银色木杆上装着五块圆形的板子，罩布的颜色是褐色的，最上方有一个橙色的吊床。造型简洁、颜色质朴，最重要的是只有一根木杆，不会占用太多空间。

就选这个吧！可是我又遏制住了内心的冲动。淘淘既不愿窝在陶锅里，也不愿钻进纸箱里，究竟会不会像别的猫那样喜欢猫爬架呢？我在心里打了一个问号。如果它不喜欢，猫爬架就纯粹变成了一件家具。不论设计、尺寸和配色有多适合我的房间，不管我怎样说服自己“这种东西放在家里也没什么大碍”，把一个既派不上用场、猫也不理会的东西摆在家里，究竟又有什么用呢……

还有，那个猫爬架的价格将近两万日元。淘淘来之前，我们已经把猫砂盆、猫食盆和宠物包都买齐了，这些加起来也没多少钱。它的玩具也没花过钱，都是来家里玩的朋友或采访的人赠送的。所以我并不觉得买个猫爬架有多破费、多奢侈。可一想到如果淘淘不感兴趣，就相当于花两万块买了一个既占地方又没用的东西（恐怕以后还会当作大件垃圾扔掉，处理起来很麻烦），便不知如何是好了。

就在我一筹莫展的时候，脑海里再次浮现出可爱的小淘淘快乐地爬上爬下的情景。哎呀，算了，买吧买吧，把赌注压在“它一定会喜欢”上。

几天后，猫爬架送到了家里。不必仔细阅读说明书，我也知道这玩意儿是组合式的，有点垂头丧气。我这个人最不擅长组装东西，甚至有点讨厌。连号称“仅需十分钟，成年人可以独自完成，难度系数为零”的东西，我也一次都没成功过。但凡需要动手组装的物件，我都小心谨慎地避开。至于这个猫爬架，我只顾打赌猜淘淘会不会喜欢，根本没有认真看过商品信息。

那天丈夫去外地出差了，家里只剩我和淘淘。等他回家要到两天后的深夜，组装猫爬架就得拖到第三天。我远远地望着还没有拆开包装带的箱子，独自琢磨——

我可装不好猫爬架，最好还是别插手，别碰它了。但特别想知道淘淘到底喜不喜欢猫爬架，现在就想知道。不行不行，我只会添乱，就算自以为能弄好，到头来也会忘了拧一颗螺丝什么的，导致猫爬架第二天就倒塌。这种惨剧肯定会发生在我的头上。可千万别碰，千万别碰。哎呀，可是好想知道淘淘会不会喜欢猫爬架啊。

头脑一热，我剪断包装带打开了纸箱，把零件全部摊在地板上，一鼓作气开始组装。

这个猫爬架是进口产品，说明书十分简洁，可对我来说就像看古文一样。总算大体读懂后，我把圆圆的板子安装到木杆上，再把两根木杆拼接到一起。啊，装错了，再来……

就这样，时间一分一秒地过去了，汗珠吧嗒吧嗒地往下流，打湿了地板。我浑身没了力气，真想仰起头大哭一场。淘淘全然不懂我内心的感受，对新鲜事物充满了好奇。“是谁买来的猫爬架零件呢？”它一边在这堆杂物中间走来走去，一边嗅着气味。好，我重新打起精神，擦掉汗水，告诉自己不要哭，又开始拼装起来。拼着拼着，我忽然意识到，这是我人生中第一次这么拼命地和不擅长的事物较劲……猫咪真了不起，竟然让我努力到这种地步，真是了不起的动物。

一般人用不了一个小时就能拼装完，我却足足用了五个小时。这次全部装好了，没有一处疏漏，没有出现多余的零件（往常装完，总会多出一颗螺丝之类）或上下装反的情况。也就是说，大功告成啦！我端详着立在房间一角的猫爬架。和我一起眺望着它的淘淘慢悠悠地爬了上去。啊，它上了猫爬架，上了猫爬架！它钻进吊床里，闻着床上的味道。钻进去了，钻进去了！淘淘的每一小步都让我感动万分。

几天后，事实证明这次我赌赢了。我没想到淘淘很喜欢猫爬架，等我找到它的时候，它正在吊床里睡觉。那天我寻思着，怎么没看见淘淘呢？抬头一看，只见猫爬架上的吊床里有一团软蓬蓬的东西，这才恍然大悟：哎呀，淘淘正躺在里面睡觉呢。

三年的时光转瞬即逝，如今，这个猫爬架仍然是淘淘大显身手的地方。吊床成了淘淘每天睡觉的专属空间，它玩得兴致高昂时，还会蹿到猫爬架上。这个猫爬架不占空间，外形朴素又大方，已然融入室内的整体风格，我已经记不起房间以前是什么模样了。

这个猫爬架是我在淘淘身上下的第一个赌注，之后，我还陆陆续续下了很多小小的赌注。

有一天，电视里正在介绍一款猫咪爱不释手的玩具。一个尼龙材质的球罩，下面有一根电动棒，打开电源，这根电动棒就像一只小老鼠，在里面不停地撞来撞去。淘淘特别喜欢抓蒙在布下面的东西玩，这个玩具岂不是正合它的胃口，价格大概是四千日元。淘淘的玩具除了别人送的，其余的都是我们手工制作的。与普通玩具相比，这个玩具显然太昂贵了。贵是贵了点，不过……我脑海里又浮现出淘淘专心致志地追逐蒙在布底下的东西的模样。“这回再赌一把！”于是我给淘淘买了一个。

然而这次却输得很惨。我兴奋地打开包装，按下玩具开关，淘淘却呆头呆脑地看着，也不扑上去。没过几分钟，它就掉头去了其他房间。

不知为何，淘淘不太喜欢依靠电力驱动的东西。要是我们用手晃动罩子下面的电动棒，它玩得可入迷了。一旦切换成电动模式，它便没了兴致。它败兴而归的样子仿佛在提醒我们："可别偷懒哦，你们得亲自陪我玩，别指望机器之类的玩意儿了。"

如果我赌赢了，便会忘记赌注的价格，可一旦输了，就会后悔个没完没了。"啊，又浪费了四千日元……"和猫打过赌的人都和我有同样的想法吗，还是我这个人太小气了？

猫咪寄养记

在过往的人生里，我与猫咪并没有结下缘分。但在淘淘来我家之前，我曾经帮朋友照顾过她的猫，和它一起生活了三天。

朋友把猫送来后，它立刻奔向我家的洗衣间，钻到洗衣机后面，嗷嗷地扯着嗓门叫了起来。不管朋友和老公怎么安慰它，它就是不愿意出来，一直在叫。出发的时间到了，他们俩只好动身启程，把这只猫留给我。

我主动跟它搭话，它也不理会。我偷偷往洗衣机后面看了一眼，根本看不到它的身影。它依旧满腹怨气地在那儿“喵嗷喵嗷”叫着。我外出回来，屋里已经安静下来，没有一点动静。我满屋子找也没找到它，只知道它好像还躲在洗衣间里。

到了晚上，这只猫也没有现身。我给它准备好猫粮，它却不肯出来吃。我呼唤它的名字，回应我的只有粗粗的拒绝的声音："喵嗷——"我实在拿它没办法，便去睡觉了。

半夜里，我突然睁开眼睛，差点大叫起来。眼前伸手不见五指的黑暗中，有两个玻璃球似的亮点浮在空中。震惊之余，我才想起收留了一只猫的事。唉，它终于出来了。"过来过来。"我冲着它叫道，可那对亮闪闪的玻璃球一动不动。

第二天，猫不再躲起来了，但是我一靠近它，它就逃开，绝不让我碰到一根毛。

"明天他们两个人就要回来了。"当天我说了这么一句。等到晚上，我睡得正香，感觉有些动静，睁开眼发现猫咪把两条前腿搭在床沿上，探着头瞅我。接着，它咻的一下伸长前腿，按住了我。我简直要落泪了：到了第三天，它终于向我敞开了心扉。

三年前我和丈夫要去旅行，第一次把淘淘寄养在外面。我们想请宠物店帮忙代管一下，但是考虑到淘淘非常害怕孤单，后来决定把它寄养在别人家，最好是家中没有养猫的人。

于是，我问了问喜欢猫的朋友 H，能不能帮忙照顾淘淘几天。以前 H 来我家和淘淘玩耍过，他痛快地答应了我的请求。

那天一早，我们把淘淘放进宠物包里，带着猫罐头、猫砂盆和猫食盆坐上了出租车。淘淘在车里一声不吭，一直眺望着窗外。

到了H家，我们把淘淘放出来，它在屋里走来走去，四处闻着味道。“那就拜托你了。”把淘淘的行李交给H后，我们便出发去旅行了。

从淘淘第一天在H家的表现来看，它应该还没有熟悉那个家。我们在旅途中收到了H发来的照片。哎呀，淘淘简直超乎我们的想象，照片里的它看起来轻松惬意，没头没脑地玩耍、安心地睡觉、尽情地对着H撒娇。看了这些照片，我总算放心了。但它会不会一高兴就肆无忌惮地在屋里乱窜，把人家的贵重东西打翻在地，或是为了发泄不满情绪捅破人家的拉门呢？我一边游玩一边担忧着这些事情。

几天之后，我们回来了，去H那里接淘淘回家。

朋友把淘淘带进屋子，它在房间中央无拘无束地坐下。“淘淘，我们回来啦！”我上前打了声招呼，它竟然掉头就跑，躲进了H的卧室。

怎、怎么会这样！淘淘的反应对我来说犹如晴天霹雳。

一般的猫不是应该喵喵叫着表示“好想你们啊”，迫不及待地跑到主人身边吗？或者闹点小别扭，表示“真是的，怎么才来呀”。不管怎么看，淘淘的态度都是“哎呀，我可不想回去”，这、这到底是为什么……

H哄着淘淘，把它从卧室里带出来，放进宠物包，我们总算把它带回了家。

回到家，它该和我们闹闹别扭了吧，没想到根本没这回事。它只顾着一个劲地闻闻这儿闻闻那儿，满脸写着“啊啊，我认识这个地方”。之后，它一如往常地上上厕所、吃吃猫粮，动不动就在地板上一躺。它既不为被寄养在外面火冒三丈，也不埋怨我们把它带回来。

前不久，我们又把它寄养在别人家了。友人K也养了两只美国短毛猫，K说保证不让淘淘和它们碰面。

同样是在一个清晨，我们又把淘淘放进宠物包，带出了门。K住在我家附近，途中有一段路是通往动物医院方向的。淘淘以为我们要把它带去医院，“喵喵”地抗议起来，声音比平时大很多。它紧紧地趴在包底，姿势十分僵硬。

转过路口，我们继续前行。它似乎明白原来这次不是去医院，站起来眺望着外面。听到乌鸦的啼叫，它立刻竖起耳朵，眼睛还滴溜溜地搜索着乌鸦的身影。

淘淘来到K家，K和家人见到它的第一句话就是：“好小呀！”我和丈夫经常觉得淘淘胖乎乎的，体形挺大，听他们这么一说，还真是吓了一跳。来到K家后，淘淘就再也没多看我们一眼，忙着嗅屋里的味道。

“那就拜托你们啦。”把猫咪的行李交给 K 后，我们便出发了。那天，K 还让我看了看他家的两只猫，对比起来，淘淘确实比人家小了一圈，但体形精悍而健硕。

K 也给我们发来了淘淘的照片。它每天都在别人家里过得怡然自得。

就这样，几天过后，我们去迎接淘淘。是 K 的妻子把淘淘抱出来的，我不知道它刚才有没有躲起来。但我觉得，它一定在我们说着“淘淘，我们来啦”进门的时候，又躲到 K 家的床底下了。

回到自己家中，它和上次一样摆出“啊啊，我认得这个地方”的样子，心情不坏，也没有流露出不满，直直地竖起尾巴，在走廊里大摇大摆地踱来踱去。

淘淘大概没有把被寄养到别人家和接回来当作一回事。如果白天家里空无一人，到了晚上也没人回来，或者没有人陪它玩，谁都不理它，它才会变得紧张起来。

因为淘淘是这样的性格，我们在拜托别人收留它期间，也不太担心它有没有好好吃饭，是不是钻到哪里不出来，或者喝没喝水。比起担忧淘淘过得好不好，我更担心那些照看它的人。它是不是死缠烂打，黏着人陪它玩耍？是不是用别人家的家具磨爪子了？有没有在深更半夜像念咒语似的一通踩奶，搅得人家睡不好觉？

又想起那只曾和我一起待过几天的猫，当时手机还没有普及，我自然不能用手机拍下照片发给它的主人。因为自家的猫认生，夫妇二人一定在旅途中时时刻刻担心着它。一想到这里，虽然已事过境迁，我依旧觉得心疼。

我对猫不太了解，不知道是讨厌别人的家、讨厌陌生人和陌生事物的猫多一些，还是像淘淘这种送出去就不想回家的猫多一些。或许每只猫都有自己的个性，不能笼统地概括成“所谓的猫是什么样子”。

但是，我有时会羡慕那些家里养的猫认生的主人。

有朋友来家里做客，淘淘总是先假装认生，一声不响地藏在床下或沙发底下，过两三分钟又被好奇心打败，蹑手蹑脚地走出来，闻闻朋友带的东西的味道，闻闻朋友身上的气味，抬起爪子挠一挠人家的腿，再用头蹭一蹭，最后一下跳到人家的膝盖上。

每次看到淘淘这副样子，我就暗想“它跟谁都合得来”，心里像打翻了什么，五味杂陈。其中有气馁、有忌妒、有不满，还掺杂着一丝丝落寞。就像当初看到它躲在别人家里，俨然在说“我不想回家”的感觉一样，我不明白它为什么会这么做，心中十分落寞。

朋友养的那只认生的猫咪，大概只信任自己的主人。后来我把它送回家，回来的路上就琢磨着，那种猫咪究竟会怎么向主人撒娇呢？会怎样从躲藏的角落里探出身来呢？那种外人无从知晓的感觉该是多么甜蜜啊，真让人羡慕。

猫咪真节俭

我永远也忘不了这一天。二〇一〇年四月十九日，猫咪来到了我们家。我们提前买好了猫抓板和猫食盆，那个时候，我初次接触所谓的猫粮。有叫作湿猫粮的猫罐头，还有叫作“咔嚓咔嚓”的干猫粮，我听了别人的建议，两种都准备了。

站在陈列着各式各样的猫罐头和干猫粮的货架前，我差点惊呆了。虽然价格上没有太大的差别，但种类如此繁多，让我眼花缭乱，不知道该选哪些，就挑了首先映入眼帘的。有适合幼猫吃的干猫粮，我直接选了这一种。

我怎么也没想到，这看似不经意的选择，却影响了猫咪今后的饮食。

淘淘在幼猫阶段饭量很小，好像对吃的东西没什么兴趣，一罐猫罐头会剩下一大半。每一顿都是如此。它用前爪咔嚓咔嚓地一粒粒抓着盘子里的干猫粮吃，最后会剩下一半左右。

过了几个月，因为饭量小，它的身形依旧像幼猫一样娇小。

自从家里养了猫，我忽然开始留心别人家的猫了。和养猫的人聊天，话题也总是围着猫咪转。

一个朋友几乎和我同时迎来了人生中第一只猫，我随口问他现在给猫吃什么牌子的罐头，结果他说了一款我从来没听过的猫粮。

我迫不及待地追问道："咦，那是什么猫粮呀？"他告诉我，那是专门售卖无添加的有机食品的品牌。

啊……无添加……有机食品……这些都是我们人类世界里常听到的词，我第一次听到猫咪世界里也有这种说法。

此后，每次遇见养猫的朋友，我都会问他们选择的哪种猫粮。大概有九成朋友都选择了无添加的有机食品，真是不可思议。其中一个人还告诉我："以前养过一只猫，不知怎么回事就死了。现在心里还挺难受的。虽然没有直接的关系，但我现在都尽量让猫吃健康的食物。"

健康……这在人类世界是个令人胆战心惊的词，猫咪世界也有这种说法吗？

我从来没有在意过无农药、有机栽培、无添加之类的事情，有时看到蔬菜上沾着土或者趴着只小虫子，就不敢买了。但开始自己做饭之后，我不再挑三拣四，口味也变得随和，又多了一起用餐的家人，我才越来越留意对身体有益的东西。有的有机食材在味道上显然更胜一筹。我家附近很多商店都出售这种蔬菜，我会根据需要去选购。

我说“根据需要选购”，是因为这种商店的价格比普通的果蔬店和鱼店要高。果蔬店里售价一百九十八日元的西兰花，这种店里要二百二十日元，我觉得还能接受，就买了下来。但三百八十日元的水煮笋动辄标价八百日元的时候，我就不得不考虑考虑了。

哎呀，我是为了注重身体健康才选择有机食品，没想到猫咪世界也有相似的东西。

从朋友口中听到各种各样的猫粮品牌后，我在卖宠物食品的网店里也发现了有机罐头和礼品罐头等高级猫罐头，其中有许多知名品牌的产品。大家都是给自家的猫咪买这些猫粮。

当然，它们价格不菲，足足是淘淘现在吃的罐头的两三倍。

不过转念一想，那是对身体有益的食物……淘淘心脏不好，就更应该给它吃健康一点的东西。

在这方面，我的思路和准备家庭聚餐或朋友小聚的宴会是一样的。自己一个人吃饭的时候很随意，吃什么都行，垃圾食品也无所谓，但是招待别人的时候，还是想让大家尽可能多吃一点对身体有益的食物。

于是，我也买了几罐比以前贵上两三倍的猫罐头。

然而，淘淘一口都没动。它不仅不吃这种罐头，还倔强地不把它当作吃的，十分冷淡，连闻都不闻一下，瞥一眼便迅速跑开了。真让人束手无策，我只好把刚打开的罐头扔掉，开了平常那种便宜的。这下，它飞也似的跑了回来。

淘淘可真让人失望。我满怀信心地给它买了健康食物，况且别人家的猫都吃这一种……

八个月大的时候，淘淘做了绝育手术，对食物的态度发生了翻天覆地的变化。它从前对吃的东西没兴趣，饭量也很小，可现在还不到用餐时间，就开始催我们赶紧开饭了；以前总是剩下一半猫罐头，现在能一口气吃得见底，连干猫粮也能全吃光。

这是好现象啊，食欲这么旺盛的话，应该也会把有机罐头吃个精光吧。

我再次拿出上回剩下的有机罐头，放在淘淘面前。

但结果还是一样。淘淘瞥了一眼罐头，闻都不闻一下，根本不凑上前去。它在离有机罐头很远的地方仰着头看我，仿佛在说："我的午饭呢？"如果它肚子饿瘪了，自然会吃吧，我打算试试看。没想到过了好久，淘淘真的一口都没吃。它大概觉得那罐头是没法入口的东西。真是太固执了，如果世上只剩下这种高级食品，它是不是要选择绝食而死呢。

接着，午饭时间到了。它大概以为我故意使坏，拿出没法吃的东西，一直灰心丧气地盯着我。我们俩眼神相交的那一瞬间，它凄凉又微弱地“咪”了一声。

给淘淘吃有机罐头是行不通了，我只好缴械投降。可我也想像别的主人一样，宣称给自家猫咪吃的罐头是某种少见的外国品牌。

算了，还是别想着跟人炫耀这种事了。让人伤心，不，转念一想，是让人感激。养淘淘省钱啊，它最喜欢不到一百日元的罐头（价格越便宜，它反而吃得越起劲）。

说到这丁猫粮“咔嚓咔嚓”，它现在吃的就是所谓的高级货了。这完全是因为我刚开始买的那款幼猫专用的干猫粮是这个品牌，只是如今换成了适合胖猫食用的类型，并没有更换牌子。

想一想，淘淘从懂事起吃的食物，似乎决定了它日后的口味。如果我一开始从商店的货架上挑了最贵的猫罐头，淘淘说不定就变成一只喜爱有机食品的猫了。

但它一看到爱吃的零食——鸡肉干，就双眼放光，喉咙里发出呼噜呼噜声，老老实实地坐好等着。一听到我说“可以开动了”，便急急忙忙地哼哧哼哧大口吃起来，最后还把盘子舔得亮闪闪的，一点残渣都不剩。顺便一提，这鸡肉干也是淘淘刚来的时候朋友送的，是无添加的高级品牌。

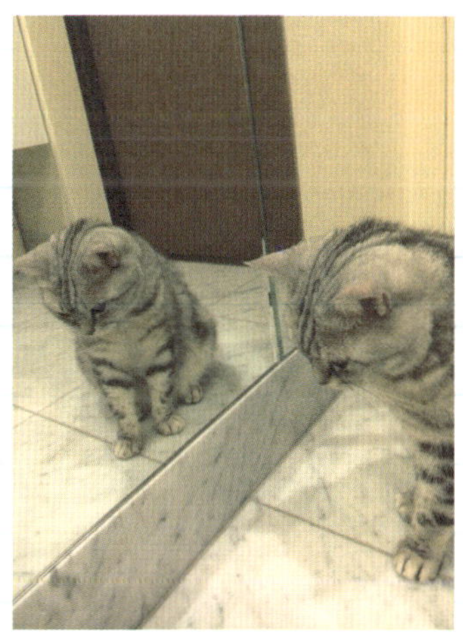

我看到了哦，

淘淘站在镜子前……

接下来，展示一下练习的成果——

饿肚子的表情。

练习不满的姿势，

以及饿肚子的表情……！！

淘淘真厉害！

（它正抬头望着存放最爱吃的鸡肉干的橱柜）

看着刚来到我家的独角仙，淘淘十分开心。

想摸一摸。

有点害怕，可还是想摸一摸。

就轻轻摸一下，

唔——还是算了。

今天，

淘淘也在观察独角仙。

矮腿桌是淘淘的乐园。

“小淘淘，今天一整天都平安度过了哦。”

一说这句话，淘淘立刻露出肚子来。

我发现，淘淘从小睡在吊床上时，

就会像这样，

把一条前腿伸到外面来。

那姿势

有时很像醉酒的大叔。

顺便一提，如果打开不常看的电视，

淘淘也会摇身一变，变成大叔的样子。

小淘淘有时会充当放在一侧的毛巾，
有时会充当正中间的毛巾。
无论怎么待着，它都不会挤到旁边
的东西。

猫咪能锻炼人的想象力

我是个爱操心的人，无论大事小情，不管会不会真的发生，我都会耿耿于怀、放心不下。

就在不久前，我因为工作没完成，连续好几天一个人闷在工作室里。除了猫咪，没跟任何人说过话。那时我想起了一个熟人，他在几年前得过脑梗塞。他这个人比较粗线条，一点都没觉察到自身的异常变化。有一次他和朋友聊天，朋友提醒他："总觉得你今天说话的方式和平常不太一样，有点不对劲啊。"于是他去了医院，结果查出了轻微的脑梗。因此，他感慨道：能及早发现及早治疗，真是万幸啊。

我独自一人留在工作室，脑袋里忽然冒出了一个想法："假如我的说话方式与往常不一样了，大概也只有淘淘能注意到吧。"

一想到这里，心头猛然感到不安。因为就算它察觉到了，也没法开口告诉别人。

正好编辑来工作前线慰问，我赶紧抓住时机挪到他身边，问他：“我说话不奇怪吧，口齿还清晰吗？”

我这种担心也不是空穴来风，因为最近有不少跟我年纪相仿的人都患了所谓的“成人病”。

“不奇怪啊，和平常一样。”

听到编辑的回答，我总算放心了。

我还为毫无来由，也没有必要的担忧苦恼过。玩蹦极的时候，脚上不是系着那种像橡皮绳一样的安全绳吗，我看到那根绳子，就开始躁动不安，绳子要是断了可怎么办？一股异常真实的坠落感顿时弥漫在身体的每个细胞中。

不过我从来没有去玩蹦极的打算，就算有人逼迫我，我也绝不尝试。这种明明没有必要的担忧一旦浮上脑际，我就会不由自主地浮想联翩，担心个没完没了。

我好像很早以前便是这副德行。不管最坏的情况会不会发生，不好的预感总是在脑袋里打转，让人苦恼。我一直劝自己：别闷闷不乐的，不用担心，别为那些压根儿就不会发生的事烦恼。但是猫咪来到我家后，这个总往坏处想的毛病开始变本加厉了。

淘淘刚来的时候，我完全不了解猫这种动物，所以顾虑重重。工作日大家都去上班，让它独自留守在家中，没人看着，会不会吃什么不该吃的东西？而且，它该不会把某样东西打翻在地，弄伤自己吧？想着想着，我的顾虑越来越脱离现实。

它该不会（把小小的脚陷进卷轴式的浴缸盖子）掉进浴缸里溺水吧？

它会不会（打开橱柜最下方的门，想从里面扯出比自己重很多的南部铸铁锅）压在锅下面，出不来了？

它会不会（用小巧的爪子轻巧地打开儿童安全锁，点着灶台的火）正为关不了火发愁？

它会不会（用小小的爪子打开冰箱门）钻到冰箱里，随即被关在里面，正在冰箱里冻得瑟瑟发抖？

它有没有打开洗衣机的盖子，跳到里面去（开关莫名其妙地切换到清洗和脱水），随着滚筒咕噜咕噜地转个不停？

奇怪的想法一个接一个地冒出来。像卷进浴缸里啦，扯出铁锅啦，点着煤气啦，打开洗衣机的盖子啦……我在理智上明白淘淘不会干这些事，但明白归明白，“不怕一万就怕万一”“巧上加巧”“不能一口咬定可能性为零”……各种不妙的想象纷至沓来、愈演愈烈，让我坐立难安。

淘淘特别小的时候，有一次我去参加聚餐，正喝着酒，忽然担心起它来。我无法抑制这些不断涌现的念头，最终败下阵来，中途离席回家了。当天一起喝酒的人看到我一反常态的举动，都惊得目瞪口呆。不管怎么说，我从年轻时起一直是酒桌上喝到最后的那一个。以往即便与恋人有约，或赶上第二天是截稿日，我也绝对不提前回家。“这样一个人居然要提前回家。”朋友们在惊诧之余，也不得不感慨，“猫可真了不起啊……”

坐上飞驰的出租车，急急赶回家中，我的担忧并没有变成现实。浴缸盖得好好的，铁锅也收在橱柜里。不仅如此，陶陶也没有吃一丁点儿不该吃的食物，或者把什么东西打碎。

我渐渐开始了解猫这种动物，或者说开始了解淘淘。首先，猫咪很柔弱，它们肯定不会挪动或搬运沉重的东西。其次，以淘淘的性格，它肯定不会任意搞破坏，比如把东西打翻在地，或是挠破和咬碎什么。它在家里堆放的杂物间穿梭，既不乱碰，也不踩踏东西，一边小心翼翼地躲避杂物，一边轻轻地抬起脚走路。

据说机灵的猫能打开隔扇、百叶门或拉门，可淘淘一样都不行，它只会坐在门口，等你帮它开门。它也不会去求人“给我开门吧”，只是老老实实地坐在原地等待，所以，它肯定打不开冰箱门或橱柜门。

到了周末，我一整天都窝在家里，这才发现猫原来没有我想象中好动。

它基本上一直在躺着睡觉。选一个舒适的位置，能睡到什么时候就睡到什么时候。刚以为它起床了，可它吃完早晨剩下的猫粮，喝了口水，又去闭目养神了。过了一会儿它醒过来，望了望窗外的鸟儿，没过多久又躺下睡着了。本以为这一次总该醒了，没想到它起来伸了伸懒腰，呆头呆脑地愣了愣神，又一头倒了下去。

实不相瞒，关于它的睡眠时间，我曾经有点担心。它总是这么没完没了地睡觉，当真没问题吗？人要是睡这么久，头早就该嗡嗡作痛了。它会不会看起来像在睡觉，其实是因为浑身乏力才躺着呢？如果是这样，它该不是得病了吧？糟糕，这种担忧一旦开头，脑袋里就再也装不下别的事了。不过，我记得有本书里有这么一句话："猫是不会睡熟的。"这本书里还写道：所以，人叫猫的名字，猫会晃晃尾巴作为回答，它们听到一点微弱的声响便会睁开眼睛。可到了淘淘这里，什么都失灵了。无论是我叫它，还是窗外有辆消防车飞驰而过，或是一本书掉落到地上，它都一动不动。更过分的是，它睡觉的时候竟然会吐出一点舌头。伸出舌头睡觉的狗我倒是见过，却没见过这样的猫。

我还是有些担心，便反复回想别人跟我说过的话——猫就是爱睡觉。看到它的睡颜如此平静，我才安下心来。它基本在黄昏之后才起床，像往常一样要我陪它玩耍。看来它并不是因为身体疲乏，只是熟睡中不小心伸出舌头罢了。

我渐渐明白，那些担忧全是白费功夫。白天我去工作，淘淘应该一直在家里躺着，但它并不是因为疲惫无力，而是睡得酣畅。所以淘淘独自在家绝对没有问题，我的担心是多余的。

然而一不留神，我又制造出了新的忧虑。

最近，我特别害怕它从高处坠落下来。有好几次，我都亲眼看到它在床上或餐桌上翻身时，一骨碌摔了下来。这可怎么得了。它前腿在空中抓挠着掉下来，这姿势哪里有猫的样子？从低矮的家具上跌落还不太危险，如果是从阳台上掉下去……每每想到这里，我便难以抑制内心的不安，甚至觉得毛骨悚然。

此后，我再也没有打开过与阳台相连的玻璃门。在出门之际（虽然明知道淘淘开不了门），还三番五次地确认门窗是否锁好了。

由于时刻担忧着淘淘的安危，我自己也不敢去高处了。本来我就有点恐高，这下愈加严重，现在都不敢扶着阳台的扶手向下张望，连走到阳台的一角也害怕得要命。二层楼高的阳台还能勉强接受，高度一旦超过三层就受不了。

从今往后，我大概会越来越爱操心吧。那个毛茸茸的小生命每天都在提醒着我：拥有了心爱的东西，便会平添如此之多的担忧，天马行空的想象力也会因此得到锻炼。

猫咪的语言很难懂

猫不会开口说人类的语言。

不过世上也有让人一眼就能读懂的猫，我家的淘淘便属于这一类。除了对我表达“肚子饿了”“陪我玩儿”之外，我还能大致理解它复杂的小心思。有时候我刚回家，又有急事马上得出门。“你刚回来，还没给我准备饭，怎么又出去了，喵～”等我关上门，里面立刻传来淘淘的声音，“至少跟我、跟我说声对不起，喵～”淘淘要我陪它玩游戏（追手电筒射出的光、玩玩具老鼠、玩它的毛团成的绒球、玩逗猫棒）时，我也能通过表情和眼神读懂它的想法。

我们说的大多数话，它好像都能听懂。“吃饭”这个词它早已烂熟于心，一听到就咻地靠过来，用头蹭我的腿。它也理解“过来”“等一下”“对不起”之类，明明听得懂“你不能那么做”，但想让人注意时，它会一边看着我们的脸色一边故意干坏事。顺便一提，“你不能那么做”是指不许它跳进洗碗池或挠坏纸拉门。它要对拉门下手时，会鬼鬼祟祟地盯着我们，好像在说："快看呀快看呀，我要挠啦……"然后"啪嚓"一爪子下去，纸拉门应声而破。

自从家里有了淘淘，我也渐渐能读懂别人家的猫在说什么了。有的猫会大叫着表示："别看我！"也有的猫会表示许可："可以摸摸我哟。"

但是，这仅限于家里饲养的猫。另外，单独一只养在家里的猫更好理解一些。外面的流浪猫在表达什么，又在考虑什么，我就摸不着头脑了。

我跟一个常年养猫的朋友交谈时得知，猫与猫之间的对话才叫真真正正的猫语，是人类无法破解的。如果一个人同时养着两三只猫，那么先来的猫会把猫语教给后来的猫，在这种情况下更难理解。

我所谓的"懂"，确切地说是通过猫的表情、举止和音调等来推测。我不可能用人类的日常语言与猫交流，也无从知晓沉默不语、面无表情的猫在想什么。

"啊，如果它能听懂我说的话就好了。"每次去动物医院的时候，我都这么感慨。淘淘和大多数猫一样讨厌去医院，死死地贴在宠物包底部，有时还浑身抖个不停。我安慰它："不是让你去受苦，是给你接种疫苗。只要一两秒就能完事，去年不是也很快打完了吗？你连扎针都没感觉到疼呢。”可是猫不懂我说的这些话。每到这个时候，我就想，如果它能明白我的话该多好啊。

我也曾深深地希望自己能听懂猫的语言。特别是淘淘看上去没什么精神的时候，我问它：“是哪里疼吗？还是你累了？或者你只是想躺一会儿？”然而怎么也读不懂它的表情代表什么。多数情况下，它仅仅是在打盹儿。但万一是身体不舒服，猫咪要怎么告诉我呢？一想到这个问题，我就紧张起来，因为淘淘绝对不会开口对我说些什么。

世界上有一种人，能把猫语翻译成我们人类的语言。这种人被称作“动物沟通师”，他们能理解猫猫狗狗的语言，并把宠物的话传达给它们的主人。

我认识 个家里养猫的人，据说有一天，她家的猫性格发生了翻天覆地的变化，以前一直很温顺，却忽然变得十分凶暴。那天究竟发生了什么呢？她百思不得其解。

这只猫原本是流浪猫，被收养后也经常溜出去玩。它的主人回想起来，有一天猫很晚才回家。虽说是很晚，其实也就比平常晚回来一两个小时。所以，她只能以那天为界去寻根究底。一定是在那一两个小时里发生了什么事，才让猫的性格发生了巨大的变化。

她经过各方打探，终于听说有“动物沟通师”这种人，却一时拿不定主意，因为她不知道该不该拜托动物沟通师听一听她家猫说的话。许多朋友纷纷劝告她不要这么做，理由也不尽相同：有人认为那种人不可信，也有人觉得即便搞清楚猫身上发生了什么，也于事无补。

比起那些必须取得特定资格才能上岗的职业，动物沟通师这一行更倾向于精神领域的范畴。当然，动物沟通师也得通过必要的学习才能获得资质，但和会计师、牙科大夫等人相比，他们更像占卜师或灵媒，所以才有人说这个职业“不可信”。

我和这只猫的主人来往并不多，她并没有找我商量，我只是听说大家都劝她还是别去为好。假如她跑来征求我的意见，我大概会说：“请你试着去找找动物沟通师吧。”因为她很想知道猫咪在晚归的那段时间里到底发生了什么事。我猜猫的性格变化也许与那天的事无关，没准只是像青春期的少男少女那样，突然叛逆起来，脾气才变得粗暴。说不定还有其他超越人类智慧的理由。猫咪一定会把其中的秘密告诉主人。

我相信，世上一定有能和动物对话的人。那些人不像我，要靠淘淘的表情去揣测，而是可以直接与动物们进行实打实的“交谈”。

但问我是不是想通过动物沟通师和淘淘交谈，我可从来没动过这种念头，我怕自己太信任从事这一行的人。如果一个通晓动物语言的人对我说出淘淘的心情，我绝对不会有任何疑惑，而是会全盘接受这个人说出的每一个字。比起亲自揣摩猫的动作和表情，我肯定更信任被动物沟通师翻译出来的“语言”。

淘淘是我养的第一只猫咪，来我家已经有三年多。它不断给我带来惊喜，在这段日子里，我也渐渐了解了它的习性。它在特别小的时候好奇心旺盛，做任何事都毫不迟疑、勇往直前；长大后，它的改变有些出乎我的意料，变得小心谨慎、顽强坚韧，性格不那么爽朗了。这恐怕也是受丈夫和我的影响。它吃完盘子里的饭，觉得还不够，却不会喵喵叫着让人再添一点，只是默默地坐在原地，露出一副没吃饱的表情，目不转睛地盯着我，直到我注意到它为止。每次看到它那可怜巴巴的身影，我都觉得仿佛看见了自己。还有，它犹豫着要不要跳上桌子的时候，会花上五分钟、十分钟才付诸行动，那样子简直和我的丈夫别无二致。如果我正在睡觉，它希望我醒过来，就会慢慢地将屁股紧贴着我的脸坐下来。我也从这含含糊糊的撒娇中看到了自己的影子。

一天又一天，淘淘和我们生活在同一个屋檐下，也越来越像我们。我想象着这样一只安分得有些不可思议的猫咪叫了一声，却被动物沟通师翻译出一句："嗨，大家都还好吗？我超有活力哦。但是请允许我说一句，你们两个是不是太忙了？"比起眼前实实在在的淘淘，我更容易把那个俏皮可爱的淘淘当作真的她吧。

不知道别人家的猫每天过着怎样的生活，但不论它们用怎样的口吻说话，我都不会觉得奇怪。虽然我可能会劝别人"试着去找找动物沟通师吧"，可换作自己的猫，却觉得应该拒绝用"人类的语言"与它交流。只要根据亲眼所见、亲耳所听的东西去推断就好。这种相互理解的方式就让我心满意足了。

但是……想象力丰富的我也有失去主见、左右摇摆的时候。如果淘淘得了病，我也许会去找动物沟通师，因为我想通过具体的话语了解淘淘要做什么、想吃什么、哪里难受、怎么做才能让它感觉舒服一点。但转念一想，即便与语言相通的人诀别时，我恐怕也无法冷静沉着地和对方交谈，更没有自信完成他交代我做的事，达成他的心愿，那么就算我能听懂淘淘的猫语，也只会剩下苦闷的悔恨，悲伤并不能因此减少一丝一毫。

所以不论发生什么，都不应该用人类的语言和淘淘交流。我觉得，在与他人或宠物建立起的关系中，或者与家人建立起的家庭关系中，彼此心意相通才是最重要的，哪怕我们会有产生误解或者意见相左的时候。

猫咪身上没有怪味

如果问狗身上有什么气味，我会联想到一样东西——阳光下绿茵茵的草坪，青草的味道里混合着生命的气息。我没养过狗，不知道是每只狗身上的气味都符合我的联想，还是我碰巧从一只狗身上闻到过那种味道。

在这种味道中，有一种令人神往的东西，那不是向阳处的草坪散发的气息，而是生命的气息。

将鼻子凑到狗的身上，深吸一口气，会让人感到无比幸福。那种感觉能让内心平静下来。那温热的气息不同于洗干净的衣物或香皂的味道，却飘散着朝气蓬勃的活力。就算你拥抱着刚刚洗完澡的狗，也能透过四散的香波味儿，从毛发深处嗅到那股生命的气息。

但问到猫咪的气味，我却什么都想不起来。不论是别人家的猫还是外面的流浪猫，大部分猫都不会像狗那样乖乖地让我闻来闻去。

能让我肆无忌惮地闻个够的猫，自然只有淘淘一个。来我家的第一天，它一定被西原女士精心洗过，浑身散发着香波或香皂的清新气味。

几个星期甚至几个月过去了，淘淘身上的味道渐渐变淡，却依然若隐若现。把脸埋在淘淘的后背和肚子上，深吸一口气，那种甜甜的香气沁人心脾。

说到猫，我又有了一个惊喜的发现——原来猫竟是这么好闻的动物。

当然，流浪猫的情况就比较特殊了。它们不愿让人兴冲冲地把脸贴到自己身上，如果你走上前摸一摸，也闻不到什么特别的怪味。但要是靠近一只好久都没洗过澡的狗，肯定会闻到它身上飘散出浓烈而腥臭的体味，那股味道早就盖过了向阳处的青草香。

哪怕淘淘长到了一岁，又跨入两岁，也一直都是香喷喷的。我这么说可不是偏心，有证据表明我并没有袒护它——它的便便可是臭不可闻，臭到让人惊呼“哇——好臭！”的程度。一般的猫会仔细地掩盖自己的便便，然而，淘淘常常不管不顾，拉完了抬起屁股就走。“啊，真讨厌，拜托你把便便好好埋起来，实在太臭了。”淘淘却待在我身边，气定神闲地看着我一边抱怨，一边往它的粪便上盖猫砂。

我说淘淘一整年都香喷喷的，绝不是出于粉丝那种宣称自己的偶像不上厕所的心态。

别人是怎么给自家的猫洗澡的呢？反正，我一年到头只在除夕夜那天给它用一回香波。淘淘和大多数猫一样，最讨厌那东西了。养过多年猫的丈夫喜欢用香波给它洗澡，每年除夕都要亲自抓住它，关进浴室。隔着门板，我听到里面“喵昂——”的惨叫。这叫声和平时要人陪它玩或者肚子饿时的截然不同，但也不是扯着嗓门大喊大叫。它用不高不低的音调不断叫唤着：“喵昂——”“喵昂——”

给它洗完澡，我们先用毛巾擦干它身上的水，再用吹风机吹一吹。毛发没干透的淘淘缩成了平常的三分之一大小。看着严重缩水的淘淘，我真真切切地体会到，猫这种动物披着可爱的蓬松又毛茸茸的外衣。它对着自己的毛发舔啊舔，不放过全身每一个角落。

等陶陶的毛终于干透，我俯身凑上去。平日让人感到温暖的毛发更加柔顺了，我禁不住要给它打个满分。而且，它周身散发出清新的芳香，如同刚来我家时一样。我不禁“啊”地呼出一口气。丈夫也把脸埋在淘淘的背上、肚子上，赞叹个不停。我们俩就这么轮流闻着猫的气味，像两个傻瓜似的，发出此起彼伏的感叹。那触感和气味真是让人沉迷其中。

此后，淘淘身上的气味会慢慢消散，却不会完全消失。到下一年年末再给它洗澡的时候，香味还隐隐约约地缭绕在鼻尖。

有一天，丈夫对我说：“淘淘连嘴巴都不臭，这太罕见了，因为绝大多数猫都有口臭。”我听了又是一惊。“大多数猫嘴里的味道都很重吗？那闻起来是什么味儿呢？”据他说，是烂鱼臭虾的腥味或猫臭味儿。猫臭味儿这个词，我还是第一次听说，心想那大概像狗身上那种“阳光下的青草味儿加上动物特有的腥味”吧。

从那以后，我就控制不住自己了，总想闻一闻猫的嘴巴。然而，家附近的野猫肯定不会老老实实地让我去闻。

去养猫的朋友家玩，我试探着问道：“你家的猫嘴巴臭吗？”结果，朋友大发感慨：“啊，岂止是臭，简直就是醉酒的中年大叔嘴里的味儿。”我不知道醉酒的中年大叔这个比喻是否恰如其分，但立刻明白了朋友的言外之意。

我还期待着朋友让我闻闻他家猫的嘴巴，可惜这只猫特别怕生，我连它的影子都没见到。

此后，我去其他养猫的朋友家里玩，也向他们打听过这件事。果不其然，大家都说猫的嘴巴很臭。啊，真想闻一闻那种味道，但是太难办到了。天底下任何一只猫都不会张开嘴，安安静静地让我闻一下。

大部分猫好像都不愿意“嗷”地把嘴张开，这又是我的一大发现。如此一来，不多养一只猫的话，岂不是就闻不到“猫臭味的口气”了？我几乎要放弃这个念头的时候，却出现了一只肯让我闻嘴巴的猫。

在高圆寺商店街的一场活动上，我有幸遇到了北尾TORO[①]先生。活动开始之前，我们一直在天南海北地聊天，我忽然想起了猫的口气这个话题，就问了问也养猫的TORO先生：猫的嘴巴是不是很臭？呀，我没注意过。他说道。

举办活动的会场前面有一片草丛，里面有一只身形巨大的玳瑁猫。不知是商店街上的哪家店养的，这只猫非常敦厚老实，任由行人或商店街的工作人员又摸又抱，只是偶尔发出“喵呜喵呜”的沙哑的低叫。

“让我们来研究一下吧。”TORO先生灵光一现，提议道，便抱起那只大猫，凑近它的脸。“不知道它臭不臭。”说着，他吃力地弓着后背，用一只手将猫的嘴巴撬开一条窄窄的缝，慢慢地把鼻子凑过去。不愧是曾经写过纪实作品《首席法官！这个判处四年有期徒刑怎么样》《你知道喜马拉雅保暖内衣

---

①原名伊藤秀树。1958年生于日本福冈市，自由作家，多次去法院旁听，著述相关作品。

的超级实力吗》的作家。我怀着憧憬之心，望着 TORO 先生抱着猫努力闻来闻去的背影。紧接着——

“好臭！确实好臭！”TORO 先生大声叫道。咦？真是这样吗？我赶紧绕到他怀里的猫嘴边，凑上去用力吸了吸鼻子。那只猫并没有嫌弃我，只是“喵呜”叫了一声，嘴里的气息全吹到了我脸上。

喵，原来如此！是这种味道啊，我终于知道了。

“TORO 先生，我闻到了，确实很臭。谢谢您。”我十分感激。

TORO 先生又把猫放了回去。有生以来第一只愿意让我闻嘴巴的乖巧的大猫，也谢谢你。

所谓猫臭味，就是猫罐头的味道、鱼的味道。看来，猫的口臭像是鱼肉煮了很久、快要腐烂的味道，所以虽是第一次闻到这股气味，却有种似曾相识的感觉。

我确实从淘淘身上闻不到一丁点儿这种怪味。可它每天都在吃猫罐头，却没有猫臭味，究竟是怎么回事呢？是它年纪还小的缘故吗？还是因为每天给它吃预防隐疾的酵素，起到了预防口臭的作用呢(不知道是否存在这样的因果关系)？

我的朋友形容自家猫的口臭是“醉酒的中年大叔嘴里的味儿”，养猫虽然还不到三年，我却隐隐约约明白了一些事情：

把猫比喻成醉酒的中年大叔的人，其实深爱着那种臭臭的口气；嘴上说着“我家的猫好任性”的人，其实也是喜欢这种任性的；感叹“我家的猫运动神经很迟钝，都怀疑它是不是猫”的人，其实对猫的这份迟钝引以为豪。每位主人都有这种不为人知的微小的爱猫之心。如果淘淘的嘴巴变臭了，我也会把这一点当成它的惹人爱怜之处。

它偶尔来到我的肚皮上小憩，熟睡中不知不觉半张着嘴，或者我给它喂药，它张大嘴巴的时候，我便立刻抓住机会，哼哧哼哧地闻上一通。

不过很遗憾，它嘴里真是一点臭味儿都没有。

猫咪果然不是小孩

有很多主人把养的猫或狗当成自己的小孩，还自称爸爸妈妈。如果你不养猫和狗，无论如何也不能理解这种行为。

实不相瞒，我确实觉得自己养的这个小生命更像家人，而非一只普普通通的动物。我没有孩子，淘淘来我家后，我的思绪经常飞到“母亲”这个词上。带着不情不愿的淘淘去医院的时候，我会由衷地感慨“世上的妈妈们拖着小孩去看病，心里原来这么苦闷啊”；为淘淘是不是生病了殚精竭虑的时候，我又思量着“婴儿也不会说话，世上的妈妈们一定很担心吧”。

即便如此，我还是比较抗拒自称淘淘的母亲或妈妈。有时候，来我家玩的人对淘淘说“哎呀，小猫跟妈妈撒娇呢”，我会立刻更正道：“我是它的主人。”大概带孩子就是这么回事，可淘淘毕竟不同于小孩。说点题外话，有人把写小说的过程比作分娩，把写完的小说当作自己的孩子，但我从来没有这么想过。小说就是小说，与孩子截然不同。而且，我觉得（自己写的）小说一点都不可爱。从这层意义上来看，嗯，小说可能比猫咪更像自己的孩子。

然而不久前，我发现心中萌生了一种前所未有的情感，让我再次开始想象当母亲的感觉。

我家经常有访客，比如采访的团队啦、朋友们啦。有线对讲机一响，刚刚躲进卧室的淘淘便咻的一下现身。既然这么快就跑出来了，刚才干吗藏起来呢？煞有介事地躲猫猫大概是淘淘做猫的原则。

它来到大家面前，围着别人的东西闻来闻去，最喜欢的是摄影器材。把来人挨个儿闻一遍后，它就在大家的视线范围内来回踱步，一旦发现有谁穿了牛仔裤或休闲裤，便用人家的裤子磨磨爪子。我也经常领教它这一招，它的动作看似在磨爪子，其实更像是撒娇，要你陪它玩。有时候，它还用伸懒腰的姿势抱住别人的大腿，然后一动不动地赖在那儿，闻着人家身上的气味。不熟悉猫的人多半会大吃一惊："这是在干什么呢？"

实在是太不好意思了。一旦发现情况不妙，我会立刻上前把淘淘抱走。大家都在桌前落座后，淘淘便在桌子底下开始作怪，我不得不时时留意它的举动。

大家围着桌子谈笑风生时，淘淘会突然啪嗒一下跳上桌子。我家并没有把猫跳上餐桌列为禁止事项。我们围着桌子吃饭，它有时也会跳上来，但对人类的食物一点都不感兴趣，既不用爪子扒拉，也不把脸凑上去。它好像只是为了进入我们的视野，才在桌子的一端躺下来。所以在我家，就算淘淘跳上桌子，也不会遭到驱逐。我和丈夫如果只有一个人在家，它常陪在身边，趴到缺席的那个人就餐的位置。

但是，很多人看到淘淘跳上桌子会大惊失色，先是“啊”的大叫一声，再慌忙把它赶下去。

然后人们又继续谈笑。淘淘伸一伸腰，伸出爪子挠桌脚，发出咔嚓咔嚓的声响。

真是的，人家想参与你们的谈话嘛。它控诉着心中的不满：“让我参加、让我参加、让我参加！”

此外，因采访需要，工作人员架起相机的时候，淘淘就坐在镜头前不动弹了。见相机转向其他方向，它还起身追过去。给我拍照片的时候，它悄悄地出现在我身后。摄影师大概被执着的淘淘打败了，把镜头对准了它。看到镜头瞄准了自己，淘淘竟然开始正襟危坐。

淘淘用客人的裤子磨爪子的时候，跳上桌子的时候，挠桌角的时候，对相机不离不弃的时候……我体味到了一种从未有过的感觉。用最恰当的语言来表达就是“难为情”。倒不是淘淘这么做很丢脸，只是我有些羞愧，仿佛是把水池下面、洗衣筐里那些私人物品暴露在了大庭广众之下。而且，我的难为情里又夹杂着一点点开心。

这种全新的情感究竟是怎么回事？我忽然想起了天底下的妈妈们。有一回我上了电车，在一对母子身边坐下，小小的孩子一点都不认生，微笑着朝我递来手里的玩具。在我看来这是件很有趣的事，妈妈应该也以聪明伶俐的孩子为傲吧。可是，这位妈妈却低下头对我说“对不起”，还告诫自己的孩子，“不要这样，小××。”这哪里是充满自豪呢，她脸上分明交织着开心和羞愧。除了开心，还有种抱歉的神色。

我经常遇到难为情的妈妈。看到小孩在跳舞唱歌，我觉得十分可爱，情不自禁地注视着他。与孩子的妈妈四目相对时，她却腼腆地笑了。如果换作孩子的爸爸，情况就不太一样了，爸爸们通常会摆出扬扬得意的神态。

小孩一旦大喊大叫、高声啼哭，受到的待遇就截然不同了。最近人们对又哭又闹的孩子不太宽容，妈妈们一定为此吃了不少苦头。在电车上、餐饮店里，越来越多的妈妈开始面无表情地应对孩子的大声喧哗。我觉得她们这么做也是出于无奈。

让妈妈们觉得难为情的不是上述情况，而是孩子在大街上流露出孩童的本性，开始唱歌跳舞啦，自导自演啦，冲着陌生人笑开花啦，没完没了地唠叨着电车的种类啦，等等。

在来访的客人面前，淘淘毫不客气，来去自如。我这时的羞愧感，大概只有养育孩子的妈妈能感同身受。

家里没外人时，我觉得寻常不过、没放在心上的举动，令我赞许有加的举动，不为外人所知的秘密关系……淘淘将这些一股脑儿暴露在别人面前，我的困惑可想而知，就像被人窥见了家里水池底下或抽屉里面的东西。

说起私密关系，恋人便是最好的例子。热恋中的人对待彼此的态度，与他们平常待人接物的态度完全不一样。很多情侣深深地沉醉在二人世界里，在街上若无其事地卿卿我我。"怎么能那个样子，人家不理你了。""啊？哎呀，好了，原谅我嘛。"一副幼稚腔调的情侣简直再常见不过。当然也有含情脉脉四目相视，情不自禁拥在一起的情侣。一对情侣走进甜蜜的二人世界后，眼里就再也看不见周围了，所以也不会感到羞耻。而在一旁目睹这一幕的我们，总有一种不小心窥见了别人家水池下面、抽屉里和洗衣筐底的东西的感觉，羞赧之情油然而生。

如果换作一对母子，两人不会如此旁若无人，反而更在意周围人的感受。关上自家的门，孩子怎么闹腾，妈妈都不会感到惭愧。淘淘在客人面前无拘无束的行径却让我大为头痛。我宠溺它，甚至用幼稚的语言跟它说话，让它趴在我的肚皮上小憩，如痴如醉地搂抱着它……现在，淘淘不是将我和它的二人世界全部暴露在朋友面前了吗？不过转念一想，淘淘毫不掩饰地展现真性情，又令我欣慰。“我可是头一回见到在镜头前一板一眼、有模有样的猫。”听到别人这么赞扬它，我特别开心。没当过妈妈的我私下里觉得，这种既欣慰又羞愧的心情大概和那些妈妈是共通的吧。

即便如此，淘淘终归不是我家的小孩，我也不是淘淘的妈妈。我把它当作亲人，但它并不等同于我的孩子。前不久我接受了一次采访，记者问道：“您怎么看待家里的猫咪呢？”我竟一时哑口无言。“当作亲人吧。”我含糊地嘟哝了一句。在那一瞬间的空白里，我的脑海里只有淘淘的身影。而那片空白的境地，是人类无法跨越进来的。

猫咪的忍耐极限

在淘淘来我家之前，我们就为它准备好了猫砂盆和猫砂。因为匆忙添置，也没来得及精挑细选、货比三家。对猫咪一窍不通的我根本没想到，猫砂盆和猫砂的种类居然多到需要细细研究的程度。

渐渐习惯淘淘生活在家里后，我才发现猫砂盆的形状和猫砂的种类真是琳琅满目。特别是猫砂，让我大开眼界。

淘淘的猫砂是我买的，后来一直没给它更换过其他品种。我对这种透明的小砂粒没有好感，虽然它既没有气味，也没有什么不便之处，可我一看到砂子撒落在猫砂盆周围，心中就生起厌恶之情。

有一天，我忽然冒出一个想法：给猫换换猫砂吧。于是立即行动起来。我选择了“不会产生灰尘”“含多酚成分，除臭力更强”“分量充足，便于补充”的矿物类猫砂。

听说有的猫咪在换猫砂之后，就不去（不会）上厕所了。

毫无经验的我把以前的透明猫砂倒掉，在盆里装进了这种矿物砂。刚换完，我就后悔了，是不是应该留一些原来的猫砂混在新猫砂里呢？好在淘淘完全不介意，它蹑手蹑脚地走过来，哼哼地闻着新砂粒的味道，直接迈进盆里，用爪子刨了几下，然后眯起眼睛小便。

我心里十分佩服：淘淘真是一只不拘小节的猫咪。

因为有了这次的经验，我后来再给它换猫砂，就完全不顾及它的感受了。

矿物砂有很多优点，不会扬尘，也不会散落一地，价格又便宜，清理起来也不费工夫，除臭力还很强。不过这种猫砂有一个缺点，就是太重了，一袋足足有五公升。赶上从网上购买猫罐头时，我会连猫砂一起下单。但是买猫罐头和猫砂的时间总赶不到一起。通常是猫砂先用完，我就得去超市购置。一次买两袋，那个重量简直累得我怨天怨地。偶尔遇上超市加量促销，就更是雪上加霜了。物美价廉，我心里自然欢喜，但加量的猫砂让我叫苦不迭。

太重了！第一个提出异议的竟是丈夫。我总以“你是男人”为由，让他一次买个两三袋。次数一多，他就不乐意了。

“淘淘不是不拘小节嘛，所以再来一场厕所革命吧。”

说干就干，我又买来了轻型再生纸猫砂。与之前的矿物砂是同一家制造商。不过这次我谨慎了一些，打算把矿物砂和再生纸砂各掺一半，循序渐进地替换。

淘淘还是老样子，依旧不介意厕所里逐渐发生的变化，像往常一样来上厕所。

大约过了半个月，猫砂就由矿物砂完全换成再生纸砂了。

这种再生纸砂特别好用，轻便，也好打扫。矿物砂是靠多酚除臭，而这次的猫砂富含儿茶素，有除臭抑菌的效果。我不太懂多酚和儿茶素的功能，但确实能闻到再生纸砂里散发出一缕淡淡的绿茶清香，浸湿的猫砂也会变成绿色，结成块。再生纸砂的颗粒比矿物砂的大一些，散落在地板上也方便捡拾。一次买两袋，我也能轻轻松松拎回家。

改用再生纸砂后大概第十天，我清理淘淘的猫砂盆，发觉它好像有便秘的迹象。它最近的排便次数变成了两天一次或者三天一次。可话说回来，淘淘以前也经常便秘。小便情况倒是正常，它应该不是对新猫砂不满意。我琢磨着“再观察观察吧”，没想到却发生了意外事件。

三年前，淘淘来我家的第一件事就是去猫砂盆小便。一直以来，它从不随地大小便。我听说，有的猫在主人没回家的时候觉得太寂寞，想要表达抗议，或者因为其他理由，会用排泄物弄脏主人的鞋子和包。淘淘从来没有这样表达过内心的诉求，也不会把吃剩的食物藏起来，是一只落落大方的猫。所以，它有时上厕所没站好位置，会不小心把一些猫砂弄到盆外，但并没有故意为之的企图，应该说完全没意识到自己弄到外面了。

而现在，淘淘却在我的床上留下了东西——它把在肚子里囤积了三天的硬邦邦的便便，一团一团排了出来。

当天，淘淘好像也在客厅里留下了呕吐物。它很少呕吐，但精神压力大时就会出现这种情况。我们忙起工作来会忽略它，日子一长，它呕吐的次数便多了。但是相比之下，床上的东西更让我吃惊。

我没有亲眼看见这一幕，是丈夫转告的。“怎么会呢？”我听到这个消息时有些迟疑，不敢相信自己的耳朵。没想到淘淘会在猫砂盆以外的地方排泄。

当天夜里，我们召开紧急会议，讨论淘淘为什么会有如此异常的举止。那不是抗议行为，也不是因为身体不舒服……但是，我的确察觉到淘淘便秘了……难道是因为猫砂？

“啊！”我们俩同时惊呼了一声。几天前我清理猫砂盆时，淘淘也坐在一旁，它既没有玩耍也没有吃猫粮，却用爪子弄出咔嚓咔嚓的动静，还喵了一声，泪眼汪汪、可怜巴巴的。“或许那个时候，它在告诉我讨厌盆里的猫砂……”

淘淘似乎知道自己在床上做了坏事。平常我们聊天，它一定会找一处能进入我们视野的位置躺下，或者衔来一个玩具，大声命令我们陪它玩耍。但那天，它却并拢前脚，端坐在和室的角落里。它是觉得没面子，还是在反省呢？“不用介意这个。”我对它说。它却把头埋得更低了。

第二天，丈夫就换了猫砂，把以前的扔掉，哗啦啦地倒进矿物砂。那一瞬间，听到动静的淘淘竟然像马儿一样“哒哒哒”地跑过来。还没铺好砂子，它就迫不及待地钻进去，把两只前爪搭在盆壁上，站稳后脚，便便扑通扑通地落下来。

这是怎么回事？淘淘一直在忍耐着再生纸砂吗？它恐怕并不是讨厌这种猫砂，而是因为再生纸的质地太松软，上厕所的时候根本无法站稳后脚。我们推理了一番——它虽然能在里面小便，却解决不了大便问题，然后就犯难了：“我在那儿上不了厕所，在那儿上不了厕所。”可是憋不住肚子里的便便了，该怎么办呢？精神压力一大，它呕吐了。再去看看有没有适合的地方吧。找啊找啊，它噌的一下跳上床，这里踩起来像砂地一样，还有被子可以当猫砂扒，考虑再三还是觉得：“就是这儿了，没别的地方啦。”然后便豁出去了。

在这个世界上，有的猫会故意破坏主人珍爱的包和鞋子，来表达内心的不满，“难道这些东西就不讨厌，喵！”还有的猫我行我素，明明没有任何不满，却到处大小便。可是淘淘你啊，却没有向我们抱怨过不方便。你都委屈得泪眼婆娑、喃喃低语了，我却没理解你的意思。你连一声抗议都没有，一直忍耐着。

其实我小时候和淘淘一样。上保育园时，我特别想去厕所却说不出口，就一直忍着。放学了，我坐上回家的校车，继续忍着，晃晃悠悠地终于到了家。在开门的一瞬间，由于忍耐过度，胃里一阵翻腾，哇地吐了。妈妈立刻抱起我冲进厕所，我记得当时吐出的东西是褐色的。现在想来，那是因为下午吃点心时喝了可可。我当时什么话都说不出来，妈妈很着急，就批评道："你看，一直憋着不去厕所，都从上面吐出来了吧。"我到了懂事的年纪，还一直深信，如果忍着腹痛不去上厕所，身体会变成饱和状态，肚里的东西就会从嘴里涌出来。

有这番经历的我，并没有嘲笑淘淘的一系列厕所风波，而是挺想抱抱它，拍一拍它的肩膀。

猫咪来自哪里？

我其实不太清楚朋友养的狗或猫究竟来自哪里。我和一些人成为朋友的时候，他们家中还没养宠物，后来开始养猫养狗了，我才大致打探了一下。有的人早在我们相识之前就养宠物了，我便自然而然地接受了这个事实，没细细打听宠物的来历。有时我下意识地认为，这些宠物就是在朋友家降生的。不用说我也明白，猫和狗不会凭空诞生在人类的家庭中，它们一定都大有来头。

我认识的朋友或熟人中，有很多都是从路边的招贴广告或网站上看到寻找宠物主人的信息，然后就去领养了。有的则是领养朋友家的宠物生下的幼崽。我一点都不了解猫狗的品种，据说像小猎犬和短脚猫这种有明确称呼的品种，多半是来自繁殖业者。

另外还有人捡回来被抛弃的猫咪。过去的漫画里经常出现这种情节：下雨天，有人把小猫崽或小狗崽装在纸箱里扔掉了，男孩觉得这种行为太可恶了，就抱起小崽，为它撑伞遮雨。而这一幕恰好被女主角看在眼里。

又或者，一个孩子发现了没人要的小猫小狗，便对父母说想抱回家养起来，没想到遭到了他们的反对。还有的父母把不想养的猫或狗扔到很远很远的地方。我的记忆中还依稀留有这样的故事片段。

从小到大，我还没遇到过被丢弃的猫和狗，一直以为它们只会出现在虚构的故事中。

但令人意外的是，我周围有很多人拣到猫。每每听到那些眼睛都还没睁开的小猫崽被人放进纸袋里，或被抛弃在公园里，我便觉得愕然。我的朋友们发现了被丢弃的猫，怎么也没办法置之不理，就把它们带回了家。如果是刚出生的奶猫，得无微不至地照料它，从大小便到喂牛奶都得主人亲力亲为。另外我还听说，那种对人友善、讨人喜爱的成年猫，多半原来是家猫，朋友见这样的猫一直流浪在外，怪可怜的，就把它抱回家了。这么看起来，世上真的有很多被丢弃的猫儿。

我没遇见过弃猫，再加上外面还有很多放养的家猫，所以总也分不清弃猫和流浪猫的区别。

我的工作室周围经常有猫出没，看着脸熟的就有五六只，有时还堂而皇之地在大门口睡懒觉。大多数猫觉察到有人来了，会立刻逃开。虽然不肯亲近人类，但它们跑到不远处便停下来,回过头,目光如炬地看着我。从拉开的这段距离来看，它们并没有对人高度戒备。

那么，这些猫之中，究竟哪只是放养的家猫，哪只又是流浪猫呢？我可是一点头绪都没有。它们个个毛色光亮、身形健硕，我猜它们大概是谁家饲养的家猫，或者被几户人家投喂的猫吧。原本在这群猫之中有一个脏兮兮的家伙，我一直以为它是流浪猫。谁知有一天，我正在埋头工作，从相隔几家的庭院里传来了猫和主人的对话声。“瞅瞅你，就不能老老实实吃饭吗？”“喵呜——喵呜——”“你别钻进那里，快去乖乖吃饭吧。”“喵呜喵呜——嗷嗷嗷。”“小胖猫，真拿你没办法。那儿有什么好玩的。”“喵呜喵呜”叫的正是那只脏乎乎的猫。我恍然大悟，原来它仅仅是一只不爱打理自己、因而显得格外脏的放养的家猫啊。

我还给一只猫起了个名字，叫“老大”。有一次它在对面的屋顶上整理毛发，我坐在工作室的书桌前，抬起头正好从窗口望到对面那家的屋檐。我心不在焉地看着它对着身子舔啊舔，忽然发觉它的肚子有些红肿。哎呀，我立刻打开窗子探出身去。由于离得太远，看不清它肚子上是擦伤还是脓肿，只能看到从腹部到后腿根那儿红成一片。“喂，你怎么啦?！”听我一喊，它抬头看着我，叉着两条后腿不动弹了。

大事不好，得安置好它才行。得把它送到医院看一看，接下来还得好好照顾它……啊，可是怎么办才好呢，我们家还养着淘淘。不能勉强淘淘和这么强壮的猫一起生活。淘淘喜欢对人撒娇、害怕寂寞，它渴望得到全家人的关爱。它这种性格注定不能和其他猫生活在同一个屋檐下。我该怎么办才好呢?

“不，等一下。”我正一筹莫展，又有了新发现。眼前这只叉开后腿、神色毫无畏惧的猫应该不是弃猫。虽然它看起来也不像放养的，或是从某户人家那里定期获得食物的猫，不过冥冥之中，我觉得它肯定没有被人抛弃。

其实到那时，我才明白：流浪猫并不等于弃猫。“我真了不起，竟然连这个都不知道。”我惊讶地感叹道。

腹部负伤的“老大”全然不顾我的担忧，一周后再次现身。腹部的红肿早已消退，它又大模大样地横卧在我的工作室前方。“哎呀，它是怎么好的呢？”对我而言，这简直太不可思议了。“因为它是老大呀。”丈夫说了一句让人摸不着头脑的话，我也只能接受这样的解释了。

还有一次，我发现一只经常露面的猫正在一个车库里来回打滚，那家的男主人在旁边擦洗汽车。哎哟，它居然是这户人家养的啊。

猫咪的身世真是离奇。

不论放养的家猫还是一副流浪猫模样的猫，都会在深更半夜聚集到工作室对面的空地上，召开猫咪大会。它们不会喵喵地相互对话，而是面向各自喜欢的方位蹲坐，或收起四肢像箱子似的趴着。我由衷地感慨：原来流浪猫是自己选择了喜欢的生活方式。

最近好像流行一种说法叫“原住猫”。本地的志愿者为了控制野猫的增长量，会把猫逮起来做绝育手术，做好记号后再放走。大家不只是单纯地投喂食物，还负责妥善清理猫的粪便。目前这项活动已经在日本如火如荼地展开。

我去希腊旅行过两次，每次都发现当地有许多流浪猫。第一次去了罗德岛，在海边散步时，我看到一只不怕人的猫，便走到它跟前。没想到许多猫儿接二连三地向我走过来。“这是怎么回事?！”正当我被这一幕惊呆时，一个长发翩翩的嬉皮士男人出现了，他朝我招招手说：“这里还有很多猫哟。你要看看吗？”我跟在他身后，走着走着，一间搭着顶棚的饲养棚忽然映入眼帘，里面有不计其数的猫儿。

三年前，我又去了雅典。帕特农神庙的山麓有一个公园，公园旁边也有一块地方，类似罗德岛上的猫的领地。我去的时候碰巧赶上喂猫的时间，只见一位身形圆润的女士抱着一个大袋子，四处投放猫粮。猫咪三五成群地聚集在一起，安安静静地进食。哇——又遇到猫的领地啦！我正看得津津有味，这位女士对我说了句日语：“你好。”原来她是日本人。

两天后我又动身前往克里特岛。这个岛上有一家特产店，我在店前也发现了一模一样的猫的领地。照顾猫咪的是这家店的老板娘。我在不远处看着一大群猫埋头进食，老板娘走出店门口，将一只吃个没完的大胖猫赶走，把位置腾给一只受欺负的瘦弱小猫。

不论在江之岛、三浦半岛，还是伊斯坦布尔、台北、西西里岛、新加坡，我在旅途中总能遇见很多流浪猫，但没有哪个地方能与希腊匹敌。希腊的流浪猫恐怕也被称作“当地的原住猫”吧。

我到过很多地方，见过形形色色的流浪猫，却始终没有邂逅被遗弃的猫。我不禁感慨，这恐怕与人与生俱来的指数有关。就好比有的人经常在大街上撞见明星，而有的人从来没有碰到过明星，就算擦肩而过，也意识不到刚刚走过去的人大名鼎鼎。我总觉得每个人都有一种类似“偶遇明星指数”的东西。可话说回来，一次都没见过弃猫的我，这方面的指数也实在是太低了吧。

现在，我真心希望遇到弃猫的指数暂时不要走高。和猫咪一起生活后，我渐渐觉得猫已经超越了生物的概念。如果现在看到一只被人丢弃的猫，我肯定无法坐视不理，想把它抱回家精心照顾。但是总会想到淘淘因为忌妒新来的猫，整天无精打采，闹出无法收拾的事来。明明从来没有遇到弃猫，我还是忧心忡忡的：被丢弃的猫儿啊，请无论如何都不要出现在我面前。与猫一起生活后，我忽然意识到找不回那个从前的自己了。

躺在桌角边的淘淘

把头垂得越来越低

喂！你的头垂得太低了吧！！

血液都冲到头顶了。

（话说，猫会流鼻血吗）

←俯视图

钟足劲儿转圆盘

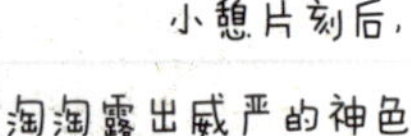

小憩片刻后，

淘淘露出威严的神色

淘淘最喜欢用自己的毛团成的毛球

（特别是刚从它身上收集起来的毛）

用迄今为止攒的淘淘的毛做了一个……

它有生以来最大的毛球！

暖融融

一旦发现丈夫在为它制作玩具，

淘淘就立刻跑过来，在一旁等待。

好激动好激动，它坐直了

身子看着。

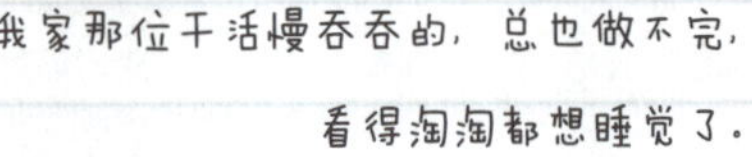

我家那位干活慢吞吞的，总也做不完，

看得淘淘都想睡觉了。

不过，它还睁着双眼在看呢。

困到不行了，淘淘在半梦半醒之

间眯着右眼偷瞄他。

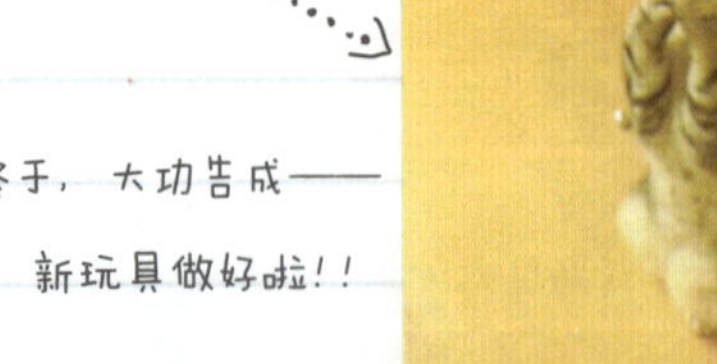

终于，大功告成——

新玩具做好啦!!

还以为淘淘不见了。

它就这样

待在玄关，

等待我家那位回来。

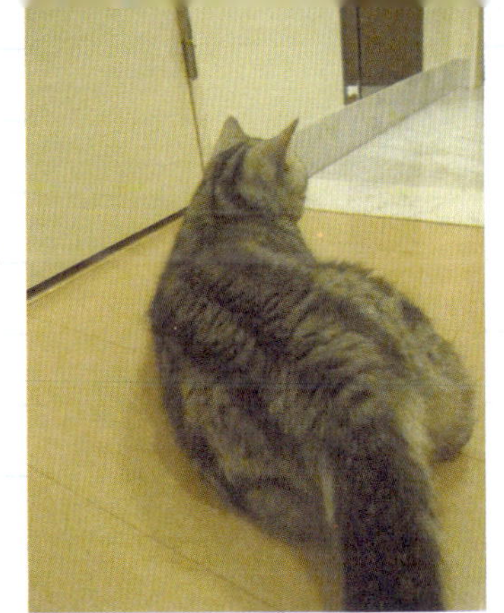

转到它面前，一看它的脸……

不知怎的，

它看起来很忧郁呢！！

给正在睡觉的淘淘，
盖上一个小被子。
（今天的被子有些小呢）

"陪我玩！"淘淘表达这个要求时可不分昼夜。

用比平常大的声音"喵呜"一声，把这个球叼回来。

但它想玩的并不是这个球，

而是吸管段儿或塑料瓶的瓶盖。

我想对淘淘来说，这个橙色的球是一种暗号。

猫咪有可比性吗?

我一直很喜欢狗,它们的模样就足以讨我的欢心。有的狗身形高大威猛,简直像狗熊,有的则小巧玲珑,像大个儿的老鼠。真是品种繁多、形态各异,每一只都让我心生爱怜。不论是毛发蓬松、精瘦健硕的狗,还是鼻头扁平的狗,我都非常喜欢。

狗性格温顺敦厚、忠心耿耿、直率坦荡。随着年龄增长,我才发觉自己是个感情过于丰富的人,一旦喜欢上谁,就会全身心投入,而且要求对方也付出同等的爱。年轻时没有注意到自己这么极端,不知不觉间,这种泛滥的情绪荡漾在心底。日子一天天过去,我开始有意识地隐藏这份心情,它却像水一般总是从某个地方渗出来。大多数男人都对此惶恐不安。他们一旦害怕起来,就对我避之不及,要跟我分手。如今我总算明白了,我曾经是个非常苦闷的女人。

意识到这一点后,我觉得只有狗才能消化这种过剩的情感，接受这泛滥如潮的爱。它们一定不会惧怕我的热情，而且会回馈我期望的同等沉重的爱意。

我一直以为自己会养一只狗，却因为从来没养过而犹豫不定。就在憧憬着将来的某一刻会有一只属于自己的狗时，猫竟然闯入了我的生活。

淘淘来了以后，我又有了一个疑问：为什么人们总喜欢逐条罗列要点，对比狗和猫的不同呢？

你是狗奴，还是猫奴？这是一个最常见的问题。直到现在我也经常问别人，以前还曾公开宣称自己是狗奴。

难道不是有很多人既爱狗又爱猫吗？我觉得只对比猫和狗有些不妥，按“长毛派（猫、狗、鸟）和无毛派（鱼、虫、龟）”，或者“动物派（全体动物）和非动物派（模型之类）”来对比，是不是更合理一些？

我再举个例子。一大群人围桌畅饮，不知谁说了一句：“狗可机灵了。”一听这话，另一个人立刻反驳道：“不是啊，要说机灵，也应该是猫更机灵。”然后大家唇枪舌剑一番，最后达成共识：狗很温顺，猫很机智。随后又转移话题，去聊别的了。

这件事又让我思考了一番。狗也好猫也罢，不都是很聪慧的动物吗？更准确地说，无论是狗还是猫，大多数时候都很聪慧，只是偶尔会犯犯傻。如果允许我再补充一点，那就是笨狗笨猫也有其可爱之处。

狗会讨人欢心，猫却不主动献媚；狗特别亲人，猫只与自己的家人亲近；狗经常成群结队地行动，猫却特立独行。

如果有人称赞狗的嗅觉很敏锐，通常会跳出另一个人说："不对啊，其实猫的鼻子更厉害。"如果有人说猫耳听八方，通常也会有反驳的声音："我看未必，狗的耳朵更灵敏吧。"

不知为何，大家总把猫和狗对立起来，非要一较高下。

我会这么想，是因为我家淘淘大体上就没有什么猫的样子。

都说猫性情反复无常，喜欢单独行动、自由自在地生活。淘淘明明是只猫，却忍受不了家里没人。全家人（其实只有我和丈夫）都在的时候，它非常乖巧，在猫爬架的吊床上或走廊里缩成一团，酣然入梦，看得出它的情绪安定平稳。可是我们夫妇二人经常出差。如果家里只剩下一个人，淘淘就像跟屁虫似的，人走到哪儿它就追到哪儿。见人去了卫生间，它便嗖的一下火速跑过去；见人在浴缸里泡澡，它就端端正正地趴在浴缸盖上，活脱脱一只长方形的纸箱。吃饭的时候，它也陪坐在对面，目不转睛地看人吃饭。要是听到大门外稍微有点动静，它立刻飞也似的奔向玄关。如果门没打开，它就一直等在玄关边，等待缺席的那个人打开门出现在眼前。

另外，我们结束工作回家，一推开门，肯定会看到淘淘守在玄关。门口的灯有感应功能，如果亮了会照到门上的猫眼。从外面看到猫眼变成了橙色，那一定是淘淘听到了我们的脚步声，跑来迎接我们回家。偶尔玄关的灯没有亮，猫眼里一片漆黑，我们打开门，却依然能见到淘淘。它早早地来到门口，一直蹲在原地，电灯的感应器已经自动熄灭了。

当然也有打开门见不着它的时候，正纳闷它去哪儿了，它就“喵呜”叫着从屋里跑出来，还伸开两条后腿，看样子是刚刚睡醒。不知为何，它却摆出刚才可没睡觉、没开小差的样子，来到玄关蹭蹭我们的腿。

每当我和丈夫一起换电灯泡啦，修理东西啦，阅读说明书啦……它必定跑到我们中间来，一副“我也在努力干活”的奇妙表情。它有强烈的伙伴意识。

淘淘也会等着人给它开饭。它最爱吃鸡肉干。为了方便它食用，我得先在盘子里把肉干弄碎。这时，它不会迫不及待地伸长脖子吃几口，而是默默地守在一旁。“淘淘，等一等、等一等哦。”我连忙对它解释。它眼巴巴地盯着，啪嗒一下，一滴口水从嘴角落下来。等得都流口水了，也未免太可怜了，所以我最近都尽量减少让它等待的时间。

爱玩耍的淘淘以前向我们表达“陪我玩”，是发出浑厚响亮的独特叫声，再叼来一只橘黄色的毛球。最近它的表达方式变了。它一边“喵呜喵呜——呜呜呜——”地用力大叫，一边来到和室最里面的角落，一屁股坐下来，像一道阴郁的影子，静静地伫立在那儿。仿佛跟人闹别扭似的，它头也不抬，一动不动地保持着那个姿势。如果我们离不开手头的工作，没空理它，它就用沙哑的嗓音凄楚地“喵呜”一声，紧接着又不吭声了，低下头凝视着榻榻米不再动弹。

日复一日，它重复着这番举动。由于每天都大同小异，我决定像定点观测那样拍下照片。于是，我有了惊人的发现：淘淘几乎每天都在同一个和室、同一块榻榻米上的同一个位置坐着。

这自然是猫的方式，但我想有的狗也会用这种腻腻歪歪、纠缠不休的方式来催促人吧。

与淘淘这种动物住在同一个屋檐下，便会生出不可思议的想法：把狗和猫比来比去，到底有什么意义呢？

况且，我还是一如既往地喜欢狗。我居住的这栋公寓里有一只叫毛毛的柴犬。楼里貌似有规定，主人在公共区域必须抱起自家的宠物，所以乘坐电梯时，毛毛被主人抱着。它像小猫似的老老实实地待在主人的怀抱里。哇，毛毛！我上前摸摸它，它也老老实实的，不乱扭乱动。“毛毛是一只像猫咪的狗。”主人笑着说道。这只柴犬也一定做过很多事情，一点也不像狗做的。

说起狗和猫，我觉得这两种动物没有任何可比性。要是这么实话实说，接下来就要多费唇舌对人解释了，所以我故意补上一句：“不过，猫是这样的动物。”

回过神来，我才意识到大家并不是真心在对比猫和狗，仅仅是想聊一聊以前养过和现在正养着的猫儿和狗儿。为什么这么说呢，因为大家聊起了各自压箱底的珍贵的小故事：“可是啊，我家的猫有点像狗”“我家的狗真是一点都不聪明”……

猫咪真客气

我家淘淘从不吃人类的食物。也许是因为它没品尝过，所以分不清什么东西好吃，什么东西不好吃。

一开始我们还制止它跳上餐桌，可是管也管不住，索性随它去了。顺便一提，它早知道厨房的洗碗池是禁止攀爬的地方，但有时为了博得家人的关注，会故意跳上去，小心思都写在脸上，就是"偏要做坏事"。

我们是禁止不了它跳上餐桌的。没人吃饭的时候，它经常在桌边酣然入梦；只有一个人在家吃饭时，它便像要代替缺席的人似的，坐在桌子对面。

有人介意饭菜都摆上餐桌了，猫还在桌子上面，如果他们看到淘淘这番举动，会十分反感吧。所以，我在家招待客人时会告诫淘淘不准上桌子，但家里只有我们两个人时，就不再约束它了。

不管桌子上摆着几盘菜，淘淘都很冷淡、毫不理会，只是躺在桌边，眼睛滴溜溜地转着，看我们进餐。秋刀鱼和生鱼片，它连瞧都不瞧上一眼。

其实它倒是吃过一次生鱼片，那是刚做完绝育手术的时候。它的食欲并没有一落千丈，但是看到它戴着伊丽莎白圈怪可怜的，我们实在过意不去，便给它端上了金枪鱼生鱼片，“辛苦了。”我还期待着它兴高采烈呢，结果跟平时吃罐头没什么两样。它兴致并不高，只顾埋头默默地咀嚼。虽然表面上看不出有多高兴，但心里肯定美滋滋的吧，不然那张嘴怎么会停不下来，把一整盘都吃光了。我想它大概知道生鱼片很美味，却对我们饭桌上的鱼片不理不睬。

不过，有一样东西绝对能吸引淘淘的兴趣。

以前它看见我吃布丁，会一步一步挪到我跟前，倏地探出头，哼哼哼地嗅着布丁的味道。这可真少见。但千万别以为它会顺便尝上一口，它只是伸出舌头舔了两下嘴巴，就缩回去了，之后一直目不转睛地盯着布丁。

我从罗多伦、星巴克买回冰拿铁之类的饮料，它也会跑来凑热闹，闻一闻吸管上的味道，舔舔嘴巴再转身离开。对了，它还不多不少，只舔两下。

看到别人吃泡芙，它也是这样。莫非淘淘是喜欢牛奶味儿？

我伸出碰过鲣鱼干的手，或是处理过生鱼的指尖，它会专心致志地对着我的手闻上一通，再不声不响地舔两下舌头。

“真了不起啊。”我很佩服它的忍耐力。面对近在咫尺的东西，本可以轻松舔上一口，它却没做出这种反射性的动作，只是吐出舌头咻咻地舔舔自己的鼻头下方。

淘淘刚来的时候，丈夫还说“猫会伸舌头把人舔醒”。天刚蒙蒙亮时，淘淘的确会爬到我们身上，找准一处位置，紧贴着脸，端端正正地趴好，有时还顺势舔两下我们的嘴巴。

直到最近我才发现，淘淘并不是有意舔我们的嘴，而是舔自己的嘴巴时伸长舌头，无意间碰到了。

不知为何，淘淘趴在人身上时，就想闻闻我们嘴里的气味。它哼哼哼地认真地翕动鼻头，然后再舔舔自己的嘴。由于距离太近，舌头会不小心碰到我们的鼻子或嘴巴。

这是一只多么彬彬有礼、态度矜持的猫啊。每次见到它客套地舔自己的嘴巴，我都心生佩服。

淘淘催我们备餐时也是不紧不慢。它把整个身子靠过来、轻轻地蹭一蹭我的脚，再随意躺在一旁，两只前爪抱着头看我。那模样真是太可爱啦。明明不摆出这样的姿势，我也会给它开饭的，可它每次等候时都这么乖巧地注视着我。

唯一能让淘淘抛下矜持的，就只有海苔了。

在它一岁左右的时候，我忘记是出于什么原因，在我吃海苔时，它轻盈地跳上桌子，以平时两倍的速度冲到海苔前，津津有味地吃起来。头一次见它这样，我有些惊讶，又递给它一片，它立刻咔嚓咔嚓地吃完了。咦，这小家伙爱吃海苔？但没过多久，朋友就跟我说猫吃海苔对身体不好。虽然觉得它怪可怜的，但从那以后我再也不给它吃了。

淘淘对海苔的味道格外敏感。我为了做饭团准备海苔时，它总会从什么地方悄悄地冒出来，黏在我的脚边，一副跃跃欲试要跳上台的架势，拼命往上看。

光是看着人做饭团就算了，一见我吃海苔包裹的饭团，它就再度化身为忍者，蹑手蹑脚地赶过来，探着脖子要尝一尝。这会儿它不再舔舌头了，而是整张脸都压过来，努力靠近我拿着饭团的手。我立刻伸出另一只手阻拦，它便把头轻轻搭在我的手腕上，盯着我吃，望眼欲穿。

有一次丈夫从便利店买了饭团，当天晚上没吃，放在桌子上就去睡觉了。第二天早上，他拿起饭团一看，外包装的边角上有小小的牙印。一看就是淘淘咬的。有的猫会咬破包装袋，淘淘却没那么卖力。它没直接对着饭团下口，而是咬了咬包装袋的一角。这确实是淘淘的行事风格。

除此之外，淘淘也会在没人的时候甩掉矜持的包袱。

我用保鲜膜把晚饭吃剩的烧卖包起来，然后去洗澡。等我洗完出来，却发现保鲜膜被扯开了，一个烧卖凭空消失。那天家里只有我一个人，罪魁祸首只能是淘淘。可它对人类的食物不感兴趣啊。我也不敢轻易下定论。印象中还剩五个烧卖……难道是我记错了，只有四个吗？我一边怀疑一边轻轻走近猫爬架。淘淘正窝在吊床上，我掰开它的嘴闻了闻，一股浓郁的烧卖味。我训斥道："淘淘，你不能吃烧卖！"它大概知道自己干了坏事，眼神躲躲闪闪，怎么也不肯和我对视。

它还做过更出格的事。那天锅里还剩下一点炸鱼肉饼和炖萝卜，我想把它放凉，就没盖锅盖。离开厨房短短几分钟，等我再回来，赫然发现地上有一块鱼肉饼，饼上还有一圈圆圆的啃食痕迹，这个矜持的牙印是……"淘淘！"我开始找它。明明上一秒还在偷吃东西，这会儿却假装自己早就在床底下了，紧闭双目、缩成一团。恐怕它刚才吃得正起劲，听到我的脚步声，就立刻放下食物，唰的一下撒腿跑到床下，然后一边竖起耳朵听我怒吼它的名字，一边假装睡觉。"淘淘，吃盐对你的身体不好，你可不能吃啊。"我摇晃着它说道。但任我怎么摇，也摇不醒一只装睡的猫。

它偷吃烧卖或炸鱼肉饼是因为喜欢吃，还是单纯想捣蛋呢？我百思不解。毕竟它有时想引起我们的注意，会故意打破家中的禁令。

所以事到如今，淘淘吃过的人类的食物就只有金枪鱼生鱼片、海苔、烧卖以及炸鱼肉饼。淘淘来到我家后，我开始留心很多事情，不再用保鲜膜包裹剩菜剩饭，而是放在特百惠保鲜盒里，待食物冷却后马上放入冰箱。哪怕离开厨房片刻，我也会盖上锅盖，或者迅速清洗厨具，连洗碗池里的三角沥水篮也洗得干干净净。厨房能随时维持整洁，可都是淘淘的功劳。

猫咪做梦了

以前淘淘只在每天的黎明时刻，困意袭来时才会来到我们身边。夏季它伸展四肢仰躺在床下睡觉，冬季则爬到猫爬架上的吊床里。它一察觉到我要上床，便不失时机地冒出来，跟在我身后。有时还会提前到我的床上"安营扎寨"。我刚躺下来，它就来到我的左侧，一边发出呼噜呼噜的声音，一边神色迷茫地用软绵绵的前爪反复推按我的胳膊，直到心满意足为止。然后把下巴搁在我的左胳肢窝下，瞪着眼睛一直注视着我的脸，喉咙深处继续发出呼噜声。

淘淘的倔强常常让人感到不可思议。先来说说它不进被窝这件事。如果我把左胳膊放在被子里，它就孤零零地坐在床下或床边，向我投来幽怨的目光。所以为了迁就它，哪怕隆冬时节，我也会把左胳膊露在被子外面。

它对我的左胳膊特别执着。白天我躺在床上看书，它会趴在我肚子上；可到了夜晚，它既不肯窝在我的两脚之间，也绝不待在右边的臂弯里，非得是左胳膊不可。

还有点麻烦的是，淘淘很渴望我的注视。它把下巴搭在我的左肩上，如果看到我的脸朝向左边，会安心地闭上眼睛；可我的脸一旦转向右边，它就立刻站起来，像给我梳头发似的用爪子扯我的头发，然后来到右侧，一动不动地看着我，直到我的头再次转回来。见我又转过来了，它才安稳地趴下，嘴里呼噜呼噜的，放松身心准备入眠。

但是我也有朝右躺着的时候。这时淘淘的应对策略也别具一格，它来到我的右侧，并不钻到右臂下面，而是把身体缩成一团，脸朝向我。为什么我朝向左边，它就钻进我的臂弯，朝向右边，它就在一旁缩成圆溜溜的一团呢？我不明白它这般坚持的理由。

另外，它还有一件惊人之举。它钻到我的左胳肢窝下，确认我的脸是朝向它后，便闭上眼昏昏欲睡。本以为它真的睡着了，结果它噌的一下翻身跃起、跑下床去。刚才它喉咙里的呼噜声分明越来越小，就在那呼噜声几乎要消失在我的耳际时，它必定从浓厚的睡意中抽身而出，忽然跳起来，一脸“糟糕，刚才差点睡着了”的表情，迅速逃离。

早晨起床，我看见淘淘正陷在松松软软的被子里睡觉。既然反正会回到床上来睡，又何必经历这个仓皇逃走的过程呢？但我还是有了新的认识：它大概是出于动物的本能，才抗拒枕着人类的胳膊进入梦乡吧。

不过从今年冬天起，淘淘的这种动物本能开始弱化了。

它像以前一样钻进我左上臂和身体之间的空隙，发出呼噜呼噜的声音，慢慢闭上眼睛，一会儿便听不到任何声响了。进入梦乡的它竟没有猛然惊醒，脸一直搭在我的肩上，安然熟睡；或者换一换睡姿，转过头，把后脑勺朝向我。

那时我才知道，原来猫熟睡时的鼻息与人类的一模一样。

这是理所当然的，毕竟猫和人类都是动物，都要呼吸。但是，猫清醒时异常冷静，甚至让人觉察不到它的呼吸。我一直以为猫睡着了也是安安静静的。

“呼——咻——呼——咻——”淘淘的呼吸声真响亮。第一次听到这比人类打呼噜还响亮的鼻息时，我远远地望着它的睡脸出神。一股前所未有的莫名的感受渐渐弥漫到全身。该如何描述这种“莫名的感受”呢？具体说来就是“现在这样真好”。我的内心充溢着满足感，觉得已经无欲无求，只要有淘淘就足够了。当然了，听着猫的鼾声、看着猫的睡脸，解决不了心中的苦闷，心心念念的东西也不会美梦成真出现在眼前。这些道理我都懂，可现在，在当下这个瞬间，我的世界里已经装不下任何东西了，因为淘淘就是我的全部。用一个老生常谈的词“至福”来形容这种感觉，再合适不过了。

或许父母在看着小婴儿熟睡时，也怀着这种心情。

我从来没想过猫的鼾声竟能让人感到无比幸福。淘淘在吊床上睡觉时，我凝视着那张睡脸，心中波澜不惊。这么看来，让我体味到“至福”的并非那安详的睡脸，而是它发出的阵阵鼾声，或者该说是它愿意睡在能让我听到鼾声的范围内，抑或是它对我敞开心扉、抛却了动物的本能。

前不久淘淘也像往常一样挤在我身边躺着，等我忽然醒来，它正枕在我的肩头睡觉。眼前的这一切本是司空见惯的景象，当我把目光移到它的脸上，却发现它的嘴角开始“么哈么哈”地动起来，紧闭的眼帘下，圆圆的眼珠滴溜溜地转个不停，眼皮也跟着微微颤动。过了一会儿，它眼皮微睁，透过那道缝，我看见它的眼珠在打转。

这不就是快速眼动睡眠吗?!

猫也有这种睡眠状态?

我有生以来第一次见到猫的这种睡态，凝视着眼球和嘴巴忙个不停的淘淘，震惊得屏住了呼吸。

很久以前，淘淘在吊床上睡觉时会默默地动动嘴巴，小声地喵呜叫，或者忽然瞪大眼睛，惊恐地凝视着某处。我那时还感慨，原来猫也做梦呢。

但就在刚才，我亲眼目睹了淘淘做梦的瞬间。

那不停嚼动的小嘴巴，想必在梦里吃东西呢。滴溜溜转动的眼球，一定是梦到追寻窗外的鸟儿或地上爬动的虫儿了。

淘淘是家猫，所以只熟悉两个地方——出生时西原理惠子女士的家，以及三个月以后开始新生活的我家。它乘过电车、公交车，也认得去医院的路，但还有很多事物没见识过，比如公园、剧场、流浪猫的深夜集会、覆盖着皑皑白雪的富士山，以及一望无际的大海。

不知不觉，我也开始在淘淘的梦境中遨游。它的梦里一定不会出现大海，也不会出现富士山，登场的只有它熟悉的餐盘和小吊床之类，嘴里吃的一定是它最喜欢的鸡肉干和一百日元的罐头，绝不是连见都没见过的鲍鱼、和牛、秋刀鱼。

不，且慢。我们人类也只是了解眼前这个世界，却能梦见太空和异界等远离现实的维度。明明不会飞，却能在梦里腾空而起；没去过关岛，却在梦里造访那里。就连我也梦见过乘坐尼摩船长的潜水艇潜入深海。

这么看来，淘淘也可能梦见未知的广袤世界、太空，或者未知的生物。它吃的东西也未必是鸡肉干，目光追寻的也不一定是鸟儿。也许它正背负着使命，在和某种超级厉害的怪兽搏斗。

迄今为止，我从来没有见到淘淘陷入噩梦。它睡觉时既不尖叫，也不发出威吓声，没有一丝恐惧。所以我私下里认为，淘淘不做噩梦。虽然它过得没有外面那些奋力生存的流浪猫辛苦，但也有自己的喜怒哀乐，会感到畏惧、难受、孤独、饥饿。看着它的睡态，我怎么也联想不到那些黯淡无光的事，只觉得它在梦里过得很开心，吃着美味的食物，玩着有趣的玩具，尽情享受奔跑，（比在现实里更完美地）翻跟头和跳跃。

其实这些都是我的心愿。请不要让淘淘梦见可怕的事，也不要让它在梦里忍饥挨饿。我像个傻瓜似的祈祷，这些想法却出自真心。我们人类做过噩梦后，对别人说一说，便可以当作笑话一笑而过，但猫就无计可施了，它们又没有倒苦水的对象。

话说回来，直到遇见淘淘，我才知道自己是这种人——不仅因为猫咪睡觉的鼻息就感到“至福”，还祈祷它在梦里过得舒心。

猫咪性情大变

朋友家的小孩第一次见我时，一言不发，眼睛也不肯看我。哎，这种心情我明白。因为我小时候也是这样的孩子，所以非常理解她。

但是在第二次见面时，她就像换了个人似的，变得开朗活泼、爱说爱笑。头一次听到她说话，嗓音悦耳动听。

我以为是她的性格发生了变化，但事实并非如此。只是初次见面，她有些怕生。这让我联想到很多孩子，他们婴儿时期对谁都很亲热，可过些日子再见面，他们看到陌生人就哇的一声号啕大哭，或是把脸埋在妈妈的胸前不肯见人。

我也不记得自己认生的时候了，不过印象中从懂事以后，我就一直很害怕接触陌生人。现在依旧是这副德行，虽然学会了随机应变，但身体里还住着童年时期那个执拗的自己。

淘淘是一只毫不惧怕陌生人的猫，来到我家的第一天，就爬上丈夫的膝盖小憩，夜晚还枕着我的枕头呼呼大睡。

每次有朋友来访，它总是“一猫当先”，第一个跑出去迎接。它最喜欢采访团队，总跟在人家屁股后面打转，随时在镜头前摆好姿势。不论别人往屋里抬多么庞大的器材，它都毫无惧色，还曾经毫不客气地趴在上了年纪的男撰稿人腿上。

叮咚——它最喜欢这门铃声了。只要有人按响门铃，它就像离弦的箭一样冲过去。如果我们打开门收快递包裹，它会围着包裹闻个不停。

然而在它两岁半的某一天，门铃又叮咚响起，这次它没有像往常那样跑到门口迎接，而是飞身跃起，又突然僵住了，在离玄关很远的地方窥探门外的动静。

后来，它一看到我的朋友来家里玩，就马上缩着身子逃到床下或沙发下。淘淘这是怎么了？

可它躲起来才两三分钟，又哧溜一下现身，溜到客人带的东西、叠好的外套前，从一边开始闻起。闻够了，便在我们的视野内来来回回闲庭信步。每次看到它用别人的小腿磨爪子，我就不得不慌忙阻止它。

东闻闻西探探、磨磨爪子，淘淘这些小动作都跟以前没两样。可它为什么要在朋友进门的一瞬间躲起来呢？它大概以为有危险的东西找上门了，暗中观察短短几分钟，觉得“来者貌似还算安全”，才溜出来瞧瞧。

淘淘这个变化让我忽然想起一件事。

那是我换新洗衣机的时候。两名电器店的工作人员来到我家，把旧洗衣机搬出去，再用布垫着新洗衣机拖进屋里。用布搬运东西的好处是不会产生噪音，但其中一个搬运工却是个彪形大汉，活脱脱是一位相扑选手，走起路来脚下发出巨响。装好新洗衣机，完成测试后，他们就走了。随后我才发觉淘淘不见了。我吓得面色苍白，满屋子喊着“淘淘”，可就是没看到它。该不是趁着刚才进进出出搬洗衣机的时候，从大敞的屋门逃到外面去了吧？我立即冲出去，顺着公寓的走廊和楼梯寻找，膝盖一路抖个不停。

其实当时淘淘一直在家，它躲进了一个昏暗的房间，蜷缩在窗帘后面的窗台上。它或许害怕洗衣机，害怕那个彪形大汉，一听到沉重的脚步声就紧张。

想到这里，我才恍然大悟。就是从那以后，淘淘才开始警惕门铃的“叮咚”声。

对它而言，洗衣机、彪形大汉或响亮的脚步声是“危险的东西”。暗中观察到进家门的不是这些东西，它才会溜出来。

另外，与幼猫时代相比，淘淘身上也发生了翻天覆地的变化。

可能是幼猫的天性使然，淘淘小时候好奇心旺盛，所向披靡、勇猛果敢。等我发觉它跟以前不一样的时候，它已经变得谨小慎微，不肯冒险了。

淘淘大概是从许多次失败中学到了教训，吃一堑长一智。

它以前很喜欢来浴室。我在浴缸盖上为它铺好毛巾，它轻盈地跳上来，保持香箱坐的姿势，盯着我泡澡。可现在，它绝不靠近浴室半步。要说原因嘛，就是有一天它边看浴缸放水，边在沿儿上走，结果一不小心掉进浴缸里了。幸好没放很多水，只没到它的腿，但由于惊吓过度，它在浴缸里四处乱窜，浑身上下都湿透了。从那以后，它再也不坐在浴缸盖上了。

淘淘还有很多失败的经历。比如玩着玩着就从床上掉下来；没头没脑地奔跑，结果狠狠地撞到墙上；在桌子上打盹儿，本想翻个身，却后背朝下摔到地上。它窘态百出，我们都看在眼里，令人惊讶之余，有时又让人捧腹大笑。它大概对自己的运动神经不发达有自知之明，后来便学会谨慎行事了。

别的猫咪有哪些不堪回首的过往，我就不得而知了。恐怕很多猫都在成长过程中遭遇了不少挫折，却能一直保持旺盛的好奇心，勇往直前地长大。但淘淘显然每受一次惊或遭遇一次挫折，就变得谨慎一些、保守一些。

或许人这种动物刚刚降生到这个世上，也是天不怕地不怕，可慢慢地尝过恐惧、苦楚和艰辛的滋味后，就会一点点地成长。该怎样与这些不快和解呢？这个问题左右了我们性格的形成。

我与淘淘非常相似。虽然在陌生人面前很拘谨、放不开，童年时代却是活泼开朗。慢慢长大后，整个人变得沉闷而消极，尽量逃避令自己痛苦或恐惧的事情，以及让人备感艰辛的事情。不再冒险，不肯探险，连好奇心也消失了。哎，原来我和淘淘不属于同一类型，它是因为遇到了我这种性情的主人，才变成这种个性。

开始工作后，我学会将那个消沉内向的自己隐藏起来。虽然比不上性格活泼乐观的人，但我还是尽量把自己伪装成“并不”沉闷、“并不”消极的模样。从孩提时代就怕生的性格并没有改变，但自从用了这套隐身术，我连自己都蒙骗了，甚至怀疑“我怎么会是个怕生的人呢”。

参考自己的经历，我觉得淘淘再长大一些或许会有所转变。即便它心里还住着那只胆小的小猫，表面上也会给人耳目一新的感觉。它以后也会掌握我那套隐身术。

淘淘从小到大一直不曾改变的，就是害怕孤单。

听说猫爱待在别人能看见它的位置，淘淘却总是待在能看到人的地方。它有时躺着也半眯着眼，确认是否能看到人影。白天家里没人，我们俩深更半夜回去，抱起它喂药，它的喉咙深处发出呼噜呼噜的声音，就算嘴里含着药，也撒娇似的说些什么。

淘淘来到浴室，其实是好奇人都在里面干些什么。如今它不敢进浴室了，可一发觉我在里面泡澡，就会用响亮的嗓门叫着“陪我玩吧”，还衔着小玩具在走廊里来回踱步。我蹑手蹑脚地走出去，想看看怎么回事，结果和我四目相对的瞬间，它把嘴里的玩具啪嗒一下撂在地板上，再也不吭声了。

原来如此。和这样的淘淘一起生活后，我明白了一个道理：我们虽然在陌生人面前胆小如鼠，却非常喜欢与人交往。我喜欢我的朋友们，甚至下班后还想和他们一起去家里玩。现在我在陌生人面前依然手足无措，却喜欢和人见面。我总去参加宴会和聚餐，因为几杯酒下肚后，我就能壮着胆子和许多人聊天了。

啊，淘淘，我们果真是同类啊。

幸好我们不只是缺点相似，还有好多共同的优点。我长舒了一口气：我果真是个傻乎乎的主人。绞尽脑汁得出这种结论，才终于放下心来。

可别小瞧猫咪

川上弘美的一本随笔集里有这样一句话:“在恋爱关系中,所谓的‘轻视’和‘看不起’大概起了至关重要的作用。”这句话让我有醍醐灌顶之感。书里还写道:如果恋人相互轻视,这段恋情就岌岌可危了;如果一方总是轻视另一方,这两个人也难以白头偕老……

“轻视”这个词让我惊叹不已。

恋爱之初,每个人都是情人眼里出西施,觉得另一半出色而美丽,心生崇拜之情,被对方的某一点强烈吸引。随着交往不断密切,会发现对方有逊色的地方,并不那么完美。继续深入交往下去,甚至会发觉自己其实不太喜欢对方,某个缺点让人好感幻灭,有时甚至生出“这个人好可怜啊”的心情。对方应该不想接受别人的怜悯,所以这种话也说不出口。不过,背地里还是觉得对方可怜兮兮的。那句“你好可怜啊”一旦脱口而出,两个人的恋情就变质了。所以,要是离开那个可怜兮兮的人，对方岂不是更可怜了。

我认为这种怜悯其实就是“轻视”。

我还渐渐觉得，怜悯对方、瞧不起对方，是热恋的情侣才有的特权。

观察淘淘的时候，我不经意地回想起那些时过境迁的问题。

我发觉自己已经开始轻视淘淘了，应该说是有些瞧不起它，甚至藐视它了。

看到别人家的猫玩逗猫棒时跳得特别高，我惊呼道：“哇，好厉害！”在养猫之前，我从来没有这么惊叹过，一直以为这对猫来说理所当然。现在我才知道别人家的猫运动能力多么出众，因为有淘淘作对比，差距是显而易见的。

淘淘可比不上人家。它缠着人玩逗猫棒、追手电筒的光时，我心里总在想，它是跳不了那么高的……

猫喜欢钻箱子和袋子。我在网上看了很多关于猫的博客，别人家的猫都会钻进小小的箱子或袋子里。我工作室附近的猫也能蜷成一团缩在笼里。“哇，它们都好棒。”过去我不会这么想，虽然也觉得很有趣，却认为猫都是这样的。然而现在，我从心底感到羡慕。

不管是什么样的纸箱、袋子或锅，淘淘都不屑一顾……

我接着这样想。

在旅途中，我遇到过一只待人亲切的猫，它四肢修长，举止优雅。我摸了摸它，不禁惊叹道：“哇，腿瘦瘦的。”以前我也抚摸过流浪猫，但从不觉得它们的腿又细又长。

回到家后，我看着前脚并拢而坐的淘淘，忽然有点遗憾：它的腿真是粗壮啊。

性格内向的淘淘想吃鸡肉干时，或者想和人玩耍时，便收拢前脚一动不动地端坐在房间一角，就像一帧静止的电视画面。如果我正忙手头的工作，通常没法分心。埋头苦干的间隙，我忽然想起“它还在那儿吧”，回头一瞅，淘淘果然还在原地。这种“肯定还在原地”的想法并不是头脑一热，而是直觉告诉我：“它一定会这样……”

这一切都是无意识的“轻视”。

就凭淘淘，它肯定办不到，也不会那么做。谁让这只猫是淘淘呢。

它跳上与我的肩膀差不多高的窗台后，怎么也不敢下来。“喵呜。”它惨兮兮地小声向我求救。“哎呀，真拿你没办法。明知道下不来，怎么还要去那么高的地方呢。”我一边抱怨，一边做好准备。为了方便它下来，我趴在地上，双手拄着地板、弓着后背。咚的一下，淘淘先跳到我的背上，又落到了地上。那时，我还没意识到这样帮忙完全是小瞧它了。几天后，我跟丈夫说起这件事。“啊？淘淘从那儿跳下来可是小菜一碟哦。”据说他撞见过好几回。淘淘这是在利用我的轻视，才假装不敢跳下来。

它一定也有自己的小心眼，在背地里瞧不起我们。我觉得最被它瞧不起的时候，就是它明知故犯、故意挑事儿的时候。

它心里清楚得很，跳进洗碗池就会被教训，所以平常不跳进去。不过它一旦有点不痛快，比如不愿意剪指甲却被剪了指甲时，等太久也吃不到想吃的鸡肉干时，就故意跳进池子里，眯起眼睛看着我们，仿佛在说：“瞧瞧，我在洗碗池里呢。”喂，淘淘！见我冲进厨房，它唰的一下跳到地板上，哒哒哒地逃进卧室。啊，被它看扁了！

我这里所说的“轻视”，不同于贬低和愚弄他人。

反正淘淘就是这样，它应该办不到。“反正”这个词早已在我的思想中根深蒂固。

在一段友情或恋情中，两人的关系越亲密，就越容易看不起对方。

我有一个朋友，她的致命缺点是不认路。其实我也不太认路，从车站徒步五分钟就能到的地方，我也会晕乎乎地走上三十分钟。不过看到这位朋友，我觉得自己或许还算不上没有方向感。有一次我和她同一大群人去喝酒，我刚赶到店门口，就问先到的人："她和谁一起来？""啊，就她一个人。但已经把地图发给她了，不用担心。"听人这么一说，我反倒担心起来："地图之类的没用，她那个人肯定不会看。她绝对来不了。"然而，她竟然在开饭前顺利抵达餐馆。这可是破天荒的事，我着实吓了一跳，赶紧问她："你是怎么找到这里的？"结果她反问道："你问我怎么找到的？因为有地图啊，很容易就找到了。"听她这么一说，我心里忽然有种期望落空的感觉。

这就是所谓的"轻视"。

恋爱中的轻视更错综复杂，因为误解和错觉也掺杂其中。对正在交往的人而言，一旦嗅出对方的缺点，便会萌生"这个人好可怜啊"的想法。"分明都是成年人了，还那么软弱，那么脆弱。"当你有这种想法时，就是在怜悯对方。如果他遇到伤心事，哭个不停，你不会觉得他软弱无能；反而是他对朋友恶言恶语、撒谎打圆场的时候，你会在他的逞强背后，看见他的软弱，心下觉得"唉，这个人好可怜啊"。但是我们会理所当然地认为，或是受错觉干扰以为，这是恋爱中常有的事。如果没有我，这个人无法度日；如果没有我的守护……这样的担忧多半扎根于轻视的土壤。

他有这个缺陷，是完不成这件事的，何况他也不擅长这些，所以这事儿他绝对办不到——好友也好，恋人也好，关系越是亲密，往往越能从对方身上发现更多不尽如人意的地方。

其中也包括让人难以容忍的事。我最讨厌闲散和不自律，瞧不起那些不守时的人、花钱大手大脚的人、与女人纠缠不清的人。当恋人露出马脚时，我会提出分手；如果对方是我的朋友，我会与他保持距离。

这样一想，心生容忍的瞬间便是轻视的起点。“他这个做不好，那个也不拿手，‘不过’没关系。”轻视便从“不过”这个转折词中悄然滋生。

如果无意中轻视了某人，却还能一如既往地爱着对方、视对方为知己，那么从我开始轻视淘淘、淘淘也开始轻视我的时候起，我们才真的算是一家人了。

我和淘淘赛跑、玩耍，因为我们的运动神经都很迟钝，偶尔会碰到一起。从体型大小来看，淘淘一定被撞得生疼，心里很害怕。

“啊——对不起对不起。淘淘真对不起，撞到你了。”我不由得连声道歉，不过也心存侥幸：反正淘淘玩得正起劲，估计都没当回事吧，因为淘淘就是这样的猫……它也不生我的气，若无其事地喵呜叫着，要我继续陪它玩。

“不愧是淘淘啊……”一种让人安心又让人慨叹，也就是轻视的心情油然而生。

猫咪能改变世界

不久前我去看了一场电影，其中出现了一只猫，“啊，是猫！”我兴奋不已。不知为何，发现在这个故事里，猫的登场对剧情来说具有意义，而非仅仅是背景时，我内心的兴奋又多了一层。

然而，电影放映到一半，那只猫却遭遇了不幸。

看到这里，我不禁愤慨起来。意识到自己正在为猫打抱不平，我不禁有些慌神。呃，先别慌，看看结局如何。我宽慰自己，等到落幕再说。

电影结尾处终于提到了那只猫，导演也是煞费苦心。原来备受磨难的猫并没有过得太差。想到这里，我就放心了。制作这部电影的人应该对猫有种敬意或关怀吧。

看完这部电影，我再次被自己的行为吓了一跳。

为什么这么说呢？因为在目睹猫吃苦头的时候，我对这部电影的评价一落千丈。什么破电影啊，我肯定不会给它好评，也不会推荐给别人。

而到了尾声，发现猫咪活得原来没那么糟糕，我又摆出一副“不错，是部好电影”的表情，暗地里连连称赞：“果然是我最喜欢的导演，还好没错过这部片子。”随后马上推荐给其他人。

自从猫咪来到我家，好多事情都与以前大相径庭。其中感触最多的要属我自己的蜕变，或许应该说，我看世界的角度与以往不一样了。

在猫元前，也就是 BC（Before Cat）时期，我认为作品就是作品，不论猫是否登场，也不论猫吃了多少苦头，都不会影响我对它的评价。

当然了，如果让猫遭受毫无意义的磨难，我的心情肯定会变差。这种不知所谓的情节也会导致我对作品的评价直线下滑。并不局限于猫，狗啦，孩子啦，老人啦，不，哪怕是普普通通的人碰到不幸的事情，我都会替他们难过。如果从角色的凄楚经历中看不到任何意义，我会认为这不算一部好电影，也不值得推荐。要是这些情节还算是有意义，我也能感受到的话，我会认为：“观影过程让人伤感，但这确实是一部有价值的影片。”

然而猫元后，即 AC（After Cat）时期，不知不觉间，我这个人和我的世界已经今非昔比了。

如果猫遭遇不幸，我会愤怒，会灰心绝望。这种心情还会直接影响我对作品的评价。

“不，且慢且慢。”我劝自己要理性一点。

要是狗遭遇挫折，我的态度则大不相同。就算主角是儿童，我也不会百感交集。与猫元前一样，即便狗或儿童吃了苦头，我的态度也像看到市井百姓遭遇不幸那样，还没等理性占据上风，就开始琢磨情节设定的深意。如果情节有价值就坦然接受，如果白白让角色遭罪可不行。但这苦头若是轮到猫来吃，我就乱了阵脚。只有猫会让我的理智迷失方向。得先让自己冷静下来。

这让我想起了高中时代的一个朋友。上学那会儿，我读了一本书名中有“猫”的随笔集，觉得非常有意思，便借给了这个朋友。没过几天，她就把书还给我了。

“我觉得这本书的作者不是一个好主人。让猫死得那么惨，他有资格养猫吗？”

我大为震惊：这不是一本教人判断主人好坏的书吧？她那句“让猫死得那么惨”，不过是作者在几篇随笔中，追忆了从小到大养过的猫咪。人活三四十年，总能遇到几回自己养的狗啦、鸟啦、猫啦死掉的情况。但是，我没有直言反驳她，因为我了解她为何愤愤不平，也知道无法对此产生共鸣。我便在心里悄悄地认定“这是不能好好（冷静）读书的家伙”，再也不轻易给她推荐书了。

再说一个几年前的故事。虽说是几年前，但也在猫元前时期。

在某个新人文学奖的评审会上，入围作品中有一篇让猫白白遭罪的小说。这部分描写太抢眼了，我总想找出其中的意义所在。可是反反复复读了好多遍，不管怎么读，都不能从中挖掘出任何旨趣。

这处“抢眼”的地方，会让人觉得作者仅仅是把猫当作道具。除此之外，在我个人看来，这并不是一篇魅力十足的小说。

其他评委有什么意见？我带着这个疑问出席了评审会。会上，有一位评委对“猫吃尽了苦头”这处情节展开了严厉的批评。其他评委也不太肯定这篇小说，但都是从其他角度提出意见，只有那位评委围绕“猫吃尽了苦头”展开论述。

不用说，那篇小说最终落选了，原因并非与猫有关，而是作者笔力不足。后来，我得知那位发表激烈言论的评委在养猫，便觉得，如果小说里的猫没那么惨，他对作者的评价（即便偏低，也）会比现在略高一些吧。

现在我知道，高中的朋友也好，那个评委也好，都是猫元后的人。虽然不能用猫的命运来决定人或作品的好坏，但对他们来说，写进书里的猫、别人家养过的猫都是“活生生的”。对于这种情感，猫元前和猫元后的人并不能心意相通，就像高中时代我的反应那样。

迈入猫元后，我并没有意识到自身或世界变了，或者说这两者都在改变。一部有猫参演的电影终于让我明白了这些道理。哪怕是虚构的猫、昔日的猫，或是未来的猫，我都希望它们平平安安地生活。让猫吃太多苦头，我可看不下去。顺便一提，前不久我又重读了村上春树的小说《海边的卡夫卡》，里面有一段猫咪受难的情节，读得我心惊肉跳。猫元前读这本书时没觉得有这么恐怖，所以早把这一段忘到九霄云外了，“猫”不过是符号般的存在。然而现在看到“猫”这个字的时候，脑海里会自动浮现出猫咪的身影。村上春树先生，你不是个爱猫的人吗？我战栗着继续往下读。读到中田老人为了救猫所采取的行动，我才悲伤地接受这个场面，心想：“换作是我，也只能出此下策吧。”

猫元前，我读过内田百闲先生的《野猫诺拉》，文中的猫也不过是作为文字符号的“猫”罢了，百闲先生到处寻找失踪的猫咪，怎么看都是一位有点可怕的大叔。大岛弓子女士在漫画《棉花国之星》中，对须和野的小猫琪比进行了拟人化处理，把这个角色塑造得非常可爱。

猫元后，我反复阅读这些小说和漫画，无论哪本都让我感动得痛哭流涕。我经常读着读着就号啕大哭起来（现在想起那些故事情节，手指在敲打着键盘，泪水却模糊了双眼，看不清电脑屏幕了）。猫从文字、符号、拟人的姿态中走出来，变成柔软温暖的实实在在的动物，就像出场人物一样，鲜活灵动。

我听一个朋友说，猫的写真集比狗的写真集畅销。我问为什么会有这么大差别，结果他回答："因为养狗的人只喜欢自己家的狗（和相同品种的狗），而养猫的人喜欢全世界的猫。"他还说，狗的主人似乎没兴趣翻看别人家狗的照片，而猫的主人可不挑肥拣瘦，不管猫来自哪儿、外貌如何，都想瞧一瞧。的确，想买一本狗狗写真集的人，也许反而是没养狗的人。

一只猫，可以成为全世界的猫。全世界不仅指真实的现在，还包括过去或未来的时空。我们因为一只猫，祈祷全世界的猫都过得幸福。

或许您已经察觉到了，当我描述那些毛茸茸、软绵绵的家伙时，从来不使用“虐待”“杀害”之类生硬而偏狭的词。就为了一只猫，写文章时我故意左躲右闪，慎重回避这样的词。

区区一只猫，威力竟如此强大。我又有了新发现。

猫咪来我家的理由

前面已经说过，我家的淘淘来自漫画家西原理惠子女士家。我们俩第一次见面，正喝酒的时候，西原女士忽然对我说："送你一只猫吧？"我一口答应下来。回家后，征求丈夫的意见，从小就养猫的他听到这个消息，比我还高兴。

过了一年半，西原女士家的大猫终于生了小猫，猫咪真的来到我家了。

经常有人问我，你家的猫从哪儿来的，我便将这番经历讲上一遍。偶尔也有人提出疑问："西原女士和你第一次见面，怎么就要送你猫呢？"

老实说，被人这么一问，我也心生疑惑。

作为一个二十年的资深粉丝，我一直以为西原女士就像她笔下的漫画人物一样，是个让人摸不着头脑的人。既然她做事出人意料，当然能对第一次见面的人说出"送你一只猫吧"。我当时没细加琢磨就应承下来了。可是，她这么做真的是一时兴起吗？

我仔细思索了一番，觉得将猫送给别人绝非一件小事。西原女士应该完全不了解我这个陌生人。我可能表面和蔼可亲、背地里却相当残忍，让猫咪受尽欺负；又或许生活习惯不好，不够格当猫的主人；又或许过于宠爱猫咪，会没完没了地给它喂不该吃的东西。

为了避免这些意外发生，如今的送养者把领养制度规定得越来越严格了。要和领养人面对面交流，亲自家访，签订领养协议……我还听说家里已经养着猫或狗的人不符合领养要求；独居的人也不够格（因为主人遇到什么不得已的情况，猫就没人照料了）；即便眼下能够养猫、将来却可能搬进禁养宠物的公共住宅的人也领养不了。

我知道自己绝不是一个不尊重生命的人，可猫来家里之前，我一直惶恐不安。我能不能照顾好它？会不会被它嫌弃？会不会养着养着，忽然发现无法与它相处？连我都对自己不放心，可想而知要把猫交给陌生人的西原女士有多担心。

淘淘的哥哥姐姐都被养过猫的人领走了。他们一直养着猫，现在家里还有猫，经验丰富。

虽然丈夫养过猫，但我却是白纸一张。想一想，我这种养猫新手，应该让西原女士惴惴不安吧。

即便如此，猫咪还是来到了我家，我既没有被猫嫌弃，也没有感到不适，完全习惯了有猫的生活。时日一长，我渐渐觉得淘淘不像猫了，它仿佛只是穿着猫的外衣。似乎很久以前我们就相识了，这场邂逅也是命中注定。就算淘淘不是一只猫，化身为狗、鸟或人类——夸张点说，哪怕它是一棵树，我也能马上认出它，像现在一样爱它。遇到什么不开心的事时，压力缠身时，看着那个硬要假装没吃饭的淘淘，我总想对它说一句：淘淘，非常感谢你能来到我家。在别人眼里，我应该是个有点吓人的猫奴吧。

淘淘来我家三年后，我再次见到了西原女士。在来宾众多的赏花会上，我们俩一边喝酒一边聊着淘淘和它的父母。谈笑间，我忽然明白了西原女士为什么第一次见面就要送我猫——我想起了那件早已遗忘在记忆角落里的事。

和西原女士初次见面那阵子，我的心境非常焦躁。进展不顺利的事一件接一件，更糟糕的是既无法容忍也无法遗忘，令人束手无策的事情萦绕在心头，交织冲撞。人真是不值得信任，反正世间就是这样……我甚至有些愤世嫉俗、自暴自弃。不过，人真是不可思议，就算你再失望，情绪再烦躁，甚至被愤怒和怨恨绑架，也照样能生活下去。我还能在家里做做饭，埋头写小说，偶尔和亲朋好友喝喝酒，开心了就笑笑，困了倒头就睡。虽然俗话说“病由心生”，但不管我心里多么翻江倒海，身体倒还健康。那些愤世嫉俗、自暴自弃的情绪一直埋伏在心底深处，从来没有打扰过我的工作和生活。换个角度想一想，也许正是因为它们没出来捣蛋，才一直压在我心上。

我是个大大咧咧的人，过着十分普通（有时还挺开心）的生活，所以并没有察觉到那些栖息在内心的黑暗，这种状态说是麻痹也不为过。我权当那些情绪的存在是顺理成章的事。

那天，我作为一个资深粉丝与仰慕已久的漫画家见面，除了有些紧张，愉悦之情自然也溢于言表。

但是西原女士看穿了这一切。连同我自己都没意识到的部分——我的愤世嫉俗、自暴自弃，惶惶不安，我对他人的怀疑，她全看在眼里了吧。这样一来，她大概才想到要送我一只猫。

在赏花会上忽然领悟到这些，我问西原女士：“您那时要送我一只猫，不是因为喝到兴头上才说的醉话，而是觉得我情况不妙才提出的建议吧？”

西原女士爽朗地笑了，微笑着对我说：“是啊是啊，你那时状态不好，相当不好。”

那时的我仿佛乘着一叶扁舟，对船底裂开的缝隙一无所知，还像往常一样写小说、和朋友们说笑、做着一日三餐。水慢慢从缝隙里渗透进来，小船渐渐下沉了，可坐在船上的我依然没觉察到这些。不必说，下沉的不是别人，不是这个世界，而是我，是那个浑身积满了猜疑和怒气的我。看破这一切的西原女士毫不犹豫地向我抛出了救生圈：初次见面，也不知道你是怎样的人，唉，管不了那么多了，你还是先从船里逃出来吧。

当时，谁都不知道猫爸爸和猫妈妈能生几只小猫。说好第七只给我，可是究竟能不能轮到我呢？恐怕连西原女士都没把握。无论结果怎样，西原女士的那句话成了抛给我的救生圈。

四年前，我把第七只平安降生的小生命带回家，做梦也没想到它竟能拯救我。那个小小的生命默默地去上厕所，把小巧的脑袋依偎在我的手背上进入梦乡，这一切都如同命中注定。我没有意识到自己能因此而得救。我清理猫砂盆，带它去看医生，陪它满屋子撒欢，给它喂药，一起进入梦乡……如果小淘淘不在了，我该怎么办？和丈夫说着说着，我就潸然泪下。我从未想过自己会被一只猫拯救。

那次赏花会后我做了一个噩梦，惊醒时吓得满头大汗。

四下里一看，淘淘正舒展四肢，像我们一样躺在被子上睡觉。因为睡姿太像人类，我忍不住扑哧笑出声来。哎呀，原来刚才是做梦啊。淘淘让我意识到自己回到了现实。这下我更加确信：刚才我就是被这个小生命拯救了。不，应该说现在仍被它拯救着。

这种感受和“疗愈”不一样，也不是由温暖可爱的东西带来的慰藉与轻松。以前的焦躁不安并没有随着淘淘的出现得以化解，我也没有变成一个精神纯粹的人，依然会闹小别扭，时而还会生生气、爽爽约，不过我得到了一个逃离纷扰的避风港。

比起我自己，这个不会说话的小生命更加脆弱柔软，我牵挂着它的健康，甘愿为它清理粪便，为它配药、称体重，陪它玩一点也不觉得好玩的游戏。

做这些事情能让我逃离日常。那一刻我在想，不管淘淘变成一只狗还是一只鸟，我都依然爱它。为了拯救自己，我需要自身以外的某种事物，某种只因为单纯而具体的理由需要我的事物。

对丈夫而言，淘淘是另一种存在吧。他和淘淘的关系与缘分也是独一无二的。我又想到了这里。

早晨被压得喘不过气，醒来一睁眼，就看见淘淘趴在我的胸口，光润的鼻头凑到了我的面前。“为什么压在我身上睡觉啊，你好重啊……”我嘴上抱怨着淘淘，心里却暗自庆幸：

感谢你来到我家，感谢你与我相遇。

后记

这个毛茸茸的小生命来我家已经有四年了。我们给它起名“淘淘”，如今它已经长成了四公斤的成年猫。淘淘在我家生活后，接二连三地给我带来震惊，颠覆了我以往对猫的固有印象。后来，我渐渐习惯了这种生活。与其说我一点点地了解了猫这种动物，不如说逐渐了解了淘淘这个生命。即便如此，现在我依然感到不可思议。这个蓬松柔软的动物究竟是何方神圣？它莫非不是唤作“猫”的动物，而是化为猫形的其他生物？

我这么想的理由之一，就是淘淘实在太像人类了。不用花太多心思揣度，便能理解它想要的东西；看着它的表情，仿佛能听到它在说什么；它甚至能传递出细微的情绪，比如跟人闹别扭，无精打采，沾沾自喜，满腹狐疑等。另外，淘淘有很强的伙伴意识。每当我和丈夫开始协同作业，检查有点失灵的吸尘器啦、更换空气净化器的滤芯啦、重新糊纸拉门啦，不论淘淘正在哪儿睡觉，都会霍地站起来，一脸好奇地坐到我们中间，就像参加全家总动员大会似的，也要一起解决家里的问题。

我家餐桌上铺着两块餐垫，如果有一个人不在家，淘淘就扮演那个人的角色，端坐到对面的餐垫上。如果两个人都在家，它见我们隔着餐桌聊得尽兴，就会放弃餐垫，走到我们视线的正中央，盘成香箱座姿势，一脸“我加入你们的聊天啦”的表情。有一次我突发奇想，在餐桌上铺了三块餐垫，分别是我的、丈夫的以及淘淘专用的。我们吃饭的时候，淘淘竟然真的端坐在给它安排的那块上。餐垫当然不是坐垫，但吃完饭，淘淘仍然端坐在它的这张餐垫上，加入了我们的聊天。

以后再买餐垫就要买三块了呀。话题好像扯远了。那么，淘淘究竟是什么来头呢……一想到这儿，我就觉得奥妙无穷。

淘淘刚来我家的时候，我和朋友一起去爬富士山。登山的艰辛大大超出我的想象，有好几次我都差点放弃，心情空虚又迷惘。我这是在干什么呀?！最后我决定把这次富士山之旅当作一场苦修，权当能熬过这场苦修就会遇上好事，继续往上爬。所谓的好事是什么呢？我的脑海里瞬间浮现出的是淘淘，而非与我有关的事。

那时，医院刚刚查出淘淘的心脏有隐疾。所以为了淘淘的心脏能好起来，为了让淘淘更加长寿，不管多么艰辛，我都要继续前行。

说起来没有人逼我爬山，明明是我自己要爬，还厚脸皮地当作苦行来祈愿。不过，当时我什么都顾不上，满脑袋都是淘淘的病，一步一步地在深夜的山道上继续攀爬。

山顶上有一座神社。我爬上去参拜时，双腿不自觉地颤抖着，隐约感到疲惫和苦楚弥漫在全身。我一心一意地祈求：请保佑淘淘的心脏快快好起来，请保佑淘淘健康长寿。

现在回想起那时的事，我还是难以置信。谁都希望与自己共同生活的小动物健健康康、活得长久。让我感到不可思议的是，为了替这个小小的生命祈福，自己竟能承受如此艰辛的事情。更确切地说，克服登山的辛劳时，我一心牵挂着这个小生命的幸福，自己也在这个过程中获得了拯救。

一般来说，被动与主动之间有相互作用的关系，我帮助某人，意味着某人被我帮助。但是，生活在同一屋檐下的动物与人的关系却不是这样。动物从来没想过要来拯救我们，它们只是陪在我们身旁，与我们一起走过岁月。它们并没有主动伸出援手，可我们却得到了拯救。

细细想来，淘淘意味着什么呢？我越想越觉得奇妙。在毛茸茸的皮毛之下，一定有某种东西潜藏在深处，那与人类和动物的差别无关，而是一种神圣而庄严，同时又单纯而脆弱的东西。假如有一天，淘淘走到了生命的尽头，那种东西也不会随之烟消云散，它一定会重新降临到世界的某个地方，再次借助某种形态回到我身边。从前我曾毫无根据地相信灵魂的存在，自从这个小小的生命开始陪伴我，从另一层意义上，我更加确信自己的想法。

我的猫元前和猫元后，是两个完全不同的世界。虽然还没有明白所谓的猫是什么，但我总算深深地体会到——猫咪非常了不起。

角田光代

我想，那些与人类一起生活的动物们，
都有一句一听就兴高采烈的话。

“你真是个小美人！”
有的猫咪一听这句话便沾沾自喜。
“你好聪明哦！”
也有的狗狗听到这样的夸奖就开心。
朋友家的狗狗，被人表扬毛色顺滑时，
会扬扬得意地站直身子。

我也花样翻新，进行了各种尝试，
要是说：
“淘淘啊，你好乖巧。
在这个世上，
再也没有比你更温柔的女孩子了。”

淘淘便露出一副神魂颠倒的表情。
我说的可不是恭维话，淘淘真的很温柔。

图书在版编目（CIP）数据

今天也一直在看着你 /（日）角田光代著；贺静译．
-- 海口：南海出版公司，2018.1
ISBN 978-7-5442-6336-8

Ⅰ．①今… Ⅱ．①角… ②贺… Ⅲ．①随笔－作品集
－日本－现代 Ⅳ．①I313.65

中国版本图书馆CIP数据核字（2017）第254268号

著作权合同登记号　图字：30-2016-140

今天也一直在看着你
〔日〕角田光代 著
贺静 译

出　　版　南海出版公司　(0898)66568511
　　　　　海口市海秀中路51号星华大厦五楼　邮编 570206
发　　行　新经典发行有限公司
　　　　　电话 (010)68423599　邮箱 editor@readinglife.com
经　　销　新华书店

摄　　影　〔日〕铃木心
责任编辑　刘恩凡　翟明明
装帧设计　韩　笑
内文制作　杨兴艳

印　　刷　北京盛通印刷股份有限公司
开　　本　787毫米×1092毫米　1/32
印　　张　6.25
字　　数　120千
版　　次　2018年1月第1版
印　　次　2018年1月第1次印刷
书　　号　ISBN 978-7-5442-6336-8
定　　价　45.00元